KB005913

오늘은 너의 애인이 되어줄게

일러두기

- 시집이나 단행본 제목은『』, 시나 단편 개별 제목은「 」, 잡지는《 》, 연극·영화·드라마·노래·기사 등의 제목은〈 〉로 표시했다.
- 본문에 등장하는 인물 중 일부는 가명을 썼다.

오늘은 너의 애인이 되어줄게

최희정

나와
잘 지내는
시간 05

구름의시간

애인

내 생애 길든 짧든
행복했든 아팠든
내가 사랑했든 미워했든
애인이 되어주었던, 되고자 했던
또는 진행형인 내 주변의 애인들 덕분에
지금 내가 여기에 있다는 것을

이제는 안다.

달팽이가 되어 스스로 굴을 만들어 숨었고, 세상으로 나가는 입구를 막았던 적이 있었다. 내 눈물로 나를 절이던 시간이 너무 오래되어서였을까.

굴 밖으로 나가고 싶다는 생각을 했지만 세상은 너무 환하고 시끄럽고 바쁘고 정신없는 것 같아서 두렵기만 했다.

이제는 다시 나로 살아야겠다는 생각도 잠시, 다시 달팽이로 돌아가고 싶었다.

그때, 나를 붙잡아 준 사람들이 있었다. 애인처럼 같이 여행을 가자며 손을 끌어준 친구가 있었고, 애인처럼 꽃을 꺾어주던 엄마가 있었고, 애인처럼 밥을 차려주던 언니가 있었다. 만날 때마다 작은 선물로 기쁨을 주던 애인 같은 친구도 있었다.

그리고 글이 있었다. 글을 쓰라고 격려해 준 사람이 있었고 글을 읽고 공감해 준 사람들도 있었다.

돌이켜 보니 그들 모두가 나를 안아주고 다정함을 건네준 나의 애인들이었다. 내가 쓴 글 또한 매일매일 나를 지켜준 애인이었다.

그때 거기에서 지금 여기까지 내 손을 잡고 무사히 긴 어둠 속을 빠져나오게 해준 사람들과 나눈 사랑이, 그 사랑이 지금 이 책을 펼쳐 든 당신에게도 전해질 수 있다면 좋겠다. 오늘 나의 애인은 내 이야기를 읽어줄 당신이다.

다시 오월이다. 장미가 붉게 피고 있다.

2024년 오월
장미가 피는 여기에서 장미가 피는 거기로
최희정

목 차

들어서며 | 애인 5

I 그렇게 지금을 건너기로

마치 어젯밤 내린 비처럼 14
자두나무가 있던 마당 19
아프리칸 바이올렛 그리고 붉은 제라늄 24
엄마, 숨 쉬어 31
새벽 네 시 41
25-49-55 47
추억이 불꽃처럼 빛나요 55
네가 생각났어 61
그해 오월 장미 68
오늘은 너의 애인이 되어줄게 70

II 아이처럼 마음이 작아질 때에도

의기양양, 양양 터널 극복기 80
계에란, 계란이 왔어요 91
갈치를 보고 홍어를 깨닫는다 96
미상환 부채 일금 오천만 원 100
사막 선인장, 내 아버지 108
걷고, 걷고, 걸어서 115
꽃은 언제나 꽃의 일을 하지 122
주고받으 새우 133
버스 정류장에서, 어디로 갈까 138

오늘 애인은 벌꿀이다 142
어른의 마음을 가진 누군가가 함께 145

III 어쩌면 한 마리 날치처럼

어떤 사랑 고백 154
화양연화, 화양연화 161
오늘은 내 차례야 170
늙은 어미의 등에 손을 얹고 174
날아라, 날치! 180
한번 어린이는 영원한 어린이 183
입술을 동그랗게 모으고 "포도" 186
엄마는 남자를 몰라 189
딩동, 선물이 도착했습니다 197
사람과 사람이 만드는 그늘막 204
한 사람의 배후 208
시무나무 211

나가며 | 두 통의 편지 216
추천의 말 · 이승하 222

I

그렇게 지금을 건너기로

네가 오는 밤 골목에 다정함을 켜둘게
얼룩이 묻어 길이 지워진 지도를 들고 나를 찾아올 때
귤차 한 잔 준비하고 푹신한 소파를 비워둘게
너는 거기 앉아서 몸을 파묻고 눈을 감아
나는 작은 등 하나 켜놓고 가만히 네 옆에 있을게
오늘은 너의 애인이 되어줄게

「오늘은 너의 애인이 되어줄게」에서

마치 어젯밤 내린 비처럼

어느 가을날이었다. 친구와 둘이 공원으로 산책하러 갔다. 전날 밤 갑자기 내린 비로 하늘은 푸르고 공기는 맑았다. 우리는 단풍으로 아름답게 물든 호숫가를 걸었다. "와, 좋다, 이쁘다."를 연발하며 한 시간쯤 걷다가 벤치에 앉아 커피를 마셨다. 그때 이십 대 초반으로 보이는 젊은 남녀가 우리 앞을 지나갔다. 산책을 나왔는지 편한 운동복 차림이었다. 그 나이 또래의 젊은 연인들이 하듯이 팔짱을 끼거나 발랄하게 웃거나 하지는 않았다. 서로 눈을 마주치며 조용조용히 이야기를 나누며 천천히 걷고 있었다. 그 모습이 잔잔하게 예뻤다.

"난 스무 살을 오랫동안 품고 산 것 같아."

물끄러미 젊은 연인을 바라보던 친구가 고등학교 때부터 대학 졸업 무렵까지 오래 사귀었던 첫사랑 이야기를 꺼냈다. 친구의 스무 살 그때의 사랑 이야기를 처음 듣는 것이 아니었다. 또 그 얘기를 한다는 생각에 무심하게 들었다. 내 눈앞에 울긋불긋 오색으로 화려해진 나무들을 감상하면서.

"그때가 내 인생에서 가장 빛나던 때였던 것 같아. 요 몇 년 동안 사는 게 너무 힘들어서 지금은 많이 지워졌지만…."

친구는 말을 이었다. 이십 년도 더 지난 일이니, 기억이 흐려지는 것은 당연하다는 생각을 하며 건성건성 들었다. 눈으로는 햇살에 반짝이는 호수를 쳐다보다가 뜨겁고 진한 커피의 쌉싸름한 향을 음미하면서.

"그 선배를 만나러 춘천에 갔다가 기차를 놓쳤거든. 선배랑 선배 친구들이랑 같이 밤을 새우고 새벽에 기차를 타러 나갔어. 사람 없는 새벽길을 둘이 걸으며 선배가 '이 길이 끝나지 않았으면 좋겠다.'라고 말하더라."

그 나이 때 연애는 누구나 다 그런 추억 하나쯤은 가지고 있다고 생각하면서 나는 비 갠 뒤의 높고 푸르고 맑은 하늘에 시선을 두고 있었다.

"한참을 둘이 손을 잡고 걸으면서 이런저런 이야기 많이 했지. 어떤 이야기를 했는지 지금은 전혀 생각나지 않아. 그 사람은 내게 사랑한다고 말해준 적도 없어. 그런데 가끔 그날 그 새벽이 정말 또렷이 생각나."

친구가 담담하게 말했다.

"그 시간이 잊히지 않아."

갑자기 가슴속이 찌릿해졌다. 먹먹해졌다. 심장이 죄어오더니 결국은 눈물이 주르륵 흘렀다. 내 손은 아무렇지 않은 척 빈 종이컵을 만지작거리고 있었지만, 이야기를 이어가는 친구를 바라보기 민망할 정도로 울음이 터져 숨을 꾹꾹 누르며 소리 없이 울었다. 나는 한참을 그렇게 울었다.

친구가 애인과 걸었던 그 길을 본 적도 없고 그녀의 남자 친구를 본 적도 없다. 그 시절 친구의 사랑과 이별을 곁에서 지켜보지도 않았다. 단지 친구의 '그 시간이 잊히지 않는다.'라는 한마디 말 때문이었다. 그 말에 이미 사라졌던 나의 어떤 시간이 되돌아서 달려왔다. 나의 스무 살 연애의 시간이 빛보다 빠른 속도로 내게 다시 왔다. 그것을 피하지 못하고 쿵 부딪히게 되면서 심장 언저리가 아팠다.

야구 모자를 쓰고 나간 것을 다행이라 생각했다. 우는 걸 친구에게 들키고 싶지 않아서 땀을 닦는 척 눈물을 훔쳤다. 울음소리를 삼키려고 커피를 몇 모금 연거푸 마셨다. 그러는 동안에도 친구는 애인의 손을 꼭 잡은 달뜬 표정이었다. 마흔 살과 서른 살을 거슬러 다시 스무 살이 되어 춘천의 새벽길을 걷고 있는 듯했다.

그해의 가을은 가고 여기 올해의 봄이 있다. 스무 살이

가고 어느 틈에 쉰 살이 왔다. 오늘 하늘은 지난 가을날 처럼 높고 파랗다. 서늘한 푸르름이 가슴에 고인다. 흉곽이 뻐근하다. 먹먹하다. 찌릿하다.

빛나던 시간은 사라지지 않는다. 고이고 흐른다. 맴돌다 흘러간다. 그리고 수증기처럼 흩어졌다가 어느 순간 다시 모여 방울방울 떨어진다. 마치 어젯밤 내린 비처럼.

자두나무가 있던 마당

정확한 계절은 기억나지 않는다. 봄이었는지 여름이었는지 아니면 가을이었는지 그건 모르겠다. 저녁이었다는 것은 기억난다. 4층 여덟 가구가 사는 빌라 건물의 입구에 여러 가지 살림살이가 늘어놓여 있었다. 이사라고 하기에는 짐이 단출했다. 나보다 나이가 많은 여자가 대여섯 살 정도의 남자아이 둘과 짐을 나르고 있었다. 나를 본 여자는 해외에서 막 들어왔다고 말했다. 여자는 아이들에게 말할 때는 영어로 말을 했다. 아이들은 우리말이 서툴렀다.

그녀는 우리 집 아래층에 이사 온 사람이었다. 우리는

계단에서 마주치기도 했고 아이들이 노는 마당에서 같이 앉아 있기도 했다. 그 집 아이들이 우리 집에 놀러 오기도 했고 내 아이가 그 집에 가기도 했다. 그때 나는 열 살짜리 첫째 아이와 세 살짜리 둘째 아이의 엄마였다. '엄마'라는 대명사로 연결된 동네 사람들과 어울리던 때였다. 그들과 많은 이야기를 나누었다. 유치원은 어디가 좋은지, 학원은 어떤 학원을 보내는지, 아이들을 키우면서 필요한 얘기들을 주로 나누었다. 하지만 정작 마음속 깊은 곳에 자리한 근심은 꺼내놓지 않았다. 아래층 아이들의 엄마인 그녀와도 그렇게 지냈다.

"그 집 애들 아빠는 참 순해 보여. 하영 엄마가 시키는 일은 다 잘해줄 거 같아."

마당에서 그녀가 웃으며 말했다. 그녀의 말에 픽 웃음이 났다. 나도 그렇게 생각하고 결혼했지. 마당에는 세 살과 다섯 살과 여섯 살짜리 남자아이 셋이 뛰어놀고 있었다. 그 모습을 보면서 이번 달에는 작은언니에게 돈을 빌려 부족한 생활비를 메꾸어 볼까 궁리를 하던 순간이었다. 남편이 새벽까지 술을 마시다 귀가하는 이

유가 일이 많아서, 사업상 만나는 사람들이 많아서 어쩔 수 없는 일이라고 생각하던 때였다. 늦은 새벽까지 생활비를 계산하면서 남편을 기다리던 때였다. 작은 방 책꽂이에 꽂혀 있던, 시인을 꿈꾸던 사내의 오래된 시집들의 등이 누렇게 황달이 들던 때였다. 결혼으로 꿈을 놓쳐버린 것이 안타까워 그 사내가 이십 대 젊은 시절에 쓴 시들을 모아 서류 봉투에 넣으면서 언젠가는 이 시들도 세상에 나올 날이 있을 걸로 믿던 때였다. 우리 가정에 더 큰 위기가 닥친다 해도 가족을 위해 그 문제를 해결하려 애쓸 것이라는 믿음이 남아 있던 때였다.

"누군지 못 알아봤네. 대학생인 줄 알았어."

집 앞에서 마주친 아래층 그녀가 웃으며 말했다. 나도 웃었다. 나는 화장을 조금 하고 옷장 속에 오래 두었던 바바리코트를 차려입고 있었다. 결혼 전 직장 생활을 할 때 번 돈으로 산 옷이었다. 스물아홉 살에 첫아이를 낳고 나서는 입을 일이 없었다. 서른 중반에 둘째를 낳은 뒤에도 옷장 속에 오래 있었다. 그 옷을 꺼내 입고 몇 년 만에 멀리 사는 친구를 만나러 나가던 길이었다.

밤마다 전화기를 꺼놓고 술을 마시던 남편에게 지쳐 무작정 집을 나서던 길이었다. 그날 집에 돌아오지 않으려고 일부러 멀리 사는 친구에게 가는 길이었다. 대학을 같이 다닌 친구를 만나러 가는 길이었다. 캠퍼스 연인이었던 나의 연애와 결혼을 지켜본 친구에게 가서 한숨을 섞어 동네 지인들에게는 못 하는 하소연을 하고 싶었다.

아래층 그녀는 두 해를 살고 떠났다. 지방 어디에서 옻된장을 만든다는 소식을 들었다. 가끔 그녀가 생각났다. 이사하던 날 씩씩하게 짐을 나르던 모습이라든가 개구쟁이 두 아들과 온몸으로 놀아주던 모습도 생각났다. 남편은 다큐멘터리 촬영을 하러 먼 곳에 가 있다고 말하면서 아련해지던 표정과 지방 촬영을 떠난 남편이 오랜만에 집에 왔다고 들떠 있던 얼굴도 떠올랐다. 우연히 본 아래층 아저씨의 기골이 장대한 모습도 생각났다. 자두나무 옆에서 담배를 피우며 먼 곳을 바라보던 뒷모습은 금방 다시 떠날 사람처럼 보였다. 나는 그때 속으로 말했다. '그녀가 많이 사랑하는 거 아세요?'

웃음 뒤에 하지 못한 말들이 그림자처럼 붙어 있는 시절을 살던 마당 한쪽에 자두나무 한 그루가 있었다. 봄이면 하얀 꽃을 피우고 초여름이 되면 푸른 자두가 열렸다. 나무는 깔깔거리며 뛰노는 아이들을 지켜보다가, 그녀와 나의 이야기를 듣다가, 그녀에게 말하지 못한 내 이야기를 감춰주었다. 그 나무는 스무 해가 지난 지금도 작고 동그란 마당을 지키고 있다.

아프리칸 바이올렛 그리고 붉은 제라늄

'아프리칸 바이올렛'이라는 꽃을 보면 떠오르는 사람이 있다. 그에게 진한 초록색의 도톰한 잎 위로 보라색으로 동글동글 맺히는 이 꽃을 선물한 적이 있다. 그가 대학원 시험을 본다고 했을 때 편지지에 '시에게로 오체투지하길'이라는 글을 적어 화분과 함께 건네주었다. 그때는 나와 그가 서로에게 어떤 사람이 될지 모르는 때였지만, 쓰고 싶은 무엇이 있고 되고 싶은 무엇이 있는 한 사람을 응원해 주고 싶었다. 그가 계속 시를 쓰는 길을 가리라 생각했는데 막상 결혼 후 그런 모습을 볼 수 없어서 안타까웠다. 밥벌이를 하느라 시를 포기했나 싶어 괜히 미안하기도 했다.

지난겨울 어떤 모임에서 유명한 시인을 만났을 때 나는 그를 생각했다. 시인은 상계동에서 십 대를 보냈다고 했다. 그도 고향인 포천을 떠나 서울로 올라와 지낸 곳이 상계동이라고 했다. 또 시인은 정지용의 시로 석사 논문을 썼다고 했다. 그래서 또 그가 생각났다. 그도 정지용의 시로 석사 논문을 썼다. 시를 얘기하려고 모인 사람들 속에서 계속 그를 생각했다. 그도 국문과를 다니던 대학 시절 같은 과 친구들과 시를 쓰고 시를 얘기하고 동인지를 만들곤 했다. 이렇게 같이 모여 시를 이야기하는 자리에 그가 있으면 참 잘 어울리겠다는 생각이 머리를 맴돌았다.

스무 해쯤 같이 살았던 때, 둘이 춘천 여행을 갔다. 춘천은 그와 내가 우리가 되었을 때 처음 같이 여행했던 곳이다. 한나절의 여행을 마치고 돌아오던 늦은 밤, 나는 그에게 여전히 시를 쓰냐고 물었다. 그는 그렇다고 했다. 시인이 되고 싶냐고도 물었다. 시를 쓰면 시인이라며 대답을 회피했다. 시집을 내고 싶냐고도 물었다. 그는 알아서 할 테니 신경 쓰지 말라며 퉁명스럽게 대꾸했다. 갖고 싶은 것이 있지만 가질 수 없어 투덜대는 소년처럼 괜히 화를 냈다.

그는 모른다. 이사를 할 때마다 내가 오래된 서류 봉투 하나를 지켰던 것을. 그 속에는 청년 시절 그가 썼던 시가 들어 있었다. 여러 번의 이사에 오래된 것들을 버리면서도, 삼십 년이 되어가는 낡은 그 종이들은 버릴 수 없었다. 그것은 한 사람의 이루지 못한 꿈이었으므로. 몇 년 전 그 봉투를 그와 함께 보냈다. 먼지를 털어내고 잘 다듬는 것은 이제 그의 몫이라고 생각하면서.

'제라늄꽃'을 봐도 그 사람이 떠오른다. 베인 상처에 맺힌 핏방울처럼 붉은 꽃. 툭 건들면 그 핏물이 주르륵 흘러내릴 것 같은 꽃을 키운 적이 있었다. 화분은 몇 년째 우리 집에 함께 살고 있었다. 꽃은 매해 겨울 피었다. 나는 이파리 사이를 뚫고 올라오는 꽃망울을 발견할 때부터 붉게 피어날 꽃을 떠올리며 설레곤 했었다.

처음 꽃이 피었을 때 나는 그에게 꽃의 이름을 말해주었다. 그때 그는 내 말을 귀담아듣지 않았다. 꽃의 이름에 귀 기울이지 않았다. 꽃은 쳐다보지도 않고 술이 덜 깬 얼굴로 화장실로 들어가 버렸다. 다음 해에 꽃이 피었을 때 나는 다시 그에게 꽃의 이름을 알려줬다. 그러나 그때도 그의 귀는 열려 있지 않았다. 숙취에 찌든 얼굴을 숙이고 화장실에서 나와 방으로 들어가 버렸다. 제라늄꽃이 피었다고 말하던 내 달뜬 목소리는 닫히는 문을 뚫고 들어가지 못했다.

그때 나는 그에게 말하고 싶었다. 꽃이 피었다고. 아이들이 자란다고. 나는 집에서 어떻게 지낸다고. 그러나 그의 눈길은 항상 집 밖을 향해 있었다. 그의 귀도 집에서는 닫혀 있었다. 그의 방문이 닫혀 있던 것처럼. 그래서 그는 내가 알려준 꽃 이름을 듣지 못했다. 아이들의 웃음소리도 듣지 못했다. 아이들이 아빠를 부르는 소리도 놓치곤 했다.

그렇게 몇 년이 지났다. 나는 더는 그에게 꽃이 피었다고 말하지 않았다. 나 혼자 꽃을 보았다. 어느 해 겨울, 다시 꽃이 피었을 때 그가 꽃 앞에 서 있었다. 고개를 숙이고 무심히 지나다니던 그가 고개를 들고 꽃에 눈을 맞추고 있었다. 뚫어져라 꽃을 응시하고 있었다.

꽃만 보고 있었다. 나는 저녁밥을 안치면서 꽃을 향한 그의 시선을 곁눈으로 보았다. 그는 꽃의 붉고 아름다운 세계로 순식간에 들어가 버린 것 같았다. 한참을 바라보다가 사진을 찍고 찍은 사진을 들여다보더니 다시 찍었다. 그가 생각하는 꽃의 아름다움이 제대로 찍힐 때까지.

"정말 이쁘다. 어쩜 이렇게 색이 곱지?" 그가 꽃이 예쁘다고 말한다. 꽃의 이름이 뭐냐고 묻는다. 내가 대답하기도 전에 그는 스마트폰을 꺼내 꽃 이름을 검색한다. "제라늄이네. 제라늄 맞지?" 그는 질문하는 말투였지만 내 대답을 기다리지 않는다. 그저 혼잣말이다.

그는 여전히 봐야 할 것을 보지 않고 들어야 할 말이 무엇인지 모르는 사람이었다. 나는 대답할 필요가 없으므로 대답하지 않았다. 그의 말소리는 채소를 씻는 물소리에 섞여 흘러가 버렸다. 나는 그에게 꽃의 이름을 가르쳐주던 순간들을 떠올리며 찌개의 간을 보고 저녁상을 차렸다.

그는 밥을 먹으면서 꽃을 보았다. 아이들은 계란찜을 먹느라 아빠를 보지 않았다. 그는 내가 신김치와 돼지고기를 넣고 끓인 김치찌개를 먹으면서 자신이 찍은 제라늄 사진을 쳐다보았다. “정말 이쁘다. 어쩜 이렇게 색이 곱지.”라는 말을 반복하면서. 나는 아이들에게 계란찜을 덜어주느라 사진을 같이 볼 수 없었다. 그는 나와 아이들과 함께 사진을 보려는 생각은 하지 못하는 것 같았다.

오래전 그에게 보라색 아프리칸 바이올렛 화분을 선물한 적이 있다. 그 화분은 그와 내가 우리가 되는 시작점이었다. 붉은 제라늄 화분은 그와 아이들과 함께 꽃을 보고 싶어서 내가 우리의 집에 들였다.

그가 꽃이 피었다는 내 말을 놓치고, 꽃에 눈길을 뺏겨 꽃 사진을 찍고 나를 보지 않는 동안, 꽃은 피었다 지고 붉은빛은 사라졌다. 그는 자신이 찍은 사진을 보느라 꽃이 시드는 것을 몰랐다. 나는 꽃과 이파리가 시드는 것을 보았다. 가끔 물을 주고 시든 잎을 따주었지만, 차츰 누렇게 변하다가 마지막 남은 잎이 완전히 말라 떨어졌다. 나는 화분에 물을 주는 일을 그만두었다.

그는 붉은 꽃 사진이 담긴 스마트폰을 가지고 떠났다.
나는 아이들과 셋이 이사를 하면서 화분을 버렸다.

엄마, 숨 쉬어

인생은 드라마처럼 미리 세팅이 잘되어 있지 않기 때문에 예기치 않은 순간에 예상치 못한 감정이 몰려오기도 한다. 오늘 아침이 그랬다.

어제 서울에 사는 딸이 모처럼 집에 왔다. 같이 저녁을 먹고 딸이 좋아하는 포도를 씻어서 먹이고 딸이 끓여주는 홍차도 한 잔 마셨다. 둘이 뒹굴뒹굴하며 수다를 떨다가 잠이 들었다. 아침에 일어나서는 늦잠을 자고 일어나 느른하게 기지개를 켜는 딸이 옆에 있는 그 자체로 행복했다.

내가 사는 오래된 아파트 단지에는 나무가 커서 매미가 많다. 이른 아침부터 징글징글 울어댄다. 땅속에 오래 있으면서 우는 법만 남겼나 보다. 창문을 닫았는데도 집 안을 파고든다.

매미 소리를 들으며 아침밥으로 전날 미리 사다놓은 돼지국밥을 차렸다. 얼마 전 식당에서 먹어보고 맛이 좋아서 딸에게도 먹이고 싶었다. 온다는 연락을 받고 지난밤 사다가 냉장고에 넣어두고는 딸이 일어나는 시간에 맞춰 국을 데우고 수육을 따뜻하게 만들어 상을 차렸다.

시원하게 에어컨을 틀어놓고 딸과 마주 앉아 맛있다며 수육에 새우젓을 찍어 먹다가 그런 일이 생겼다. 그저 그런 일상 잡담을 나누다가 생긴 일이었다. 한나절밖에 지나지 않은 지금은 어떤 이야기의 어느 부분에서 그런 상황이 촉발되었는지 정확히 기억나지 않는다.

아, 딸이 대학에 입학할 무렵의 이야기였던 것 같다. 그때는 경제적인 문제와 내 건강 문제가 겹쳐 하루하루가 막막했다. 이제는 다 지나버린 시간이라서 나는 별 부담 없이 얘기를 꺼낸 것 같다. 지나간 일이라서 밥 먹으며 수다거리가 될 만큼 물기가 증발하고 가벼워졌다고 생각했다.

그런데 고기가 부드럽다고 맛있게 먹던 딸이 갑자기 젓가락을 내려놓는다.

"그때, 나도 얼마나 힘들었는지 알아요?"

딸의 눈이 붉어진다. 나는 예상치 못한 일로 멍해져서 딸이 하는 말이 무슨 말인지 이해할 수가 없었다.

"기숙사에 있거나 강의실에서 수업을 듣고 있는데 갑자기 구급차 사이렌 소리가 나요. 그러면 아직 살아 있다는 거죠. 경찰차 소리가 나면 이미 끝난 거고요."

딸의 입술이 떨리고 목소리가 울먹거린다.

그해 대전에 있던 딸의 학교에서 유난히 자살이 많았

다. 어떤 날은 학생이 자살했다는 뉴스가 있었고 며칠 뒤에는 교수가 목숨줄을 놓았다는 기사도 있었다. 그런 소식을 접할 때마다 이제 대학 새내기인 딸도 혹시 힘들어하지는 않는지 걱정스러웠다. 뉴스를 보면서 심장이 쿵 내려앉곤 했지만 나는 딸에게 먼저 안부를 묻지 못했다. 너는 괜찮냐고 묻는 것이 오히려 딸에게 너는 괜찮아야 한다는 부담을 줄 것 같아서였다.

"난 그때 엄마한테 너도 힘들겠다는 말 듣고 싶었거든요. 지금이라도 해주세요. 한 번만요, 네? 해보세요. 너 힘들었겠다!"

딸은 얼굴이 빨개지면서 울부짖는다. 눈물이 온 얼굴을 적신다. 내 심장은 쿵쿵거리다가 먹먹해진다.

하지만 딸에게 그 아이가 원하는 말을 해주지 않았다. 한 번만이라도, 지금이라도 듣고 싶다는데, "아니 난 하지 않겠어."라며 거절했다.

만약 딸이 아니라 스물여덟 살의 누군가가 이십 대 초

반이 힘들었다고, 그때 힘들었던 얘기를 했다면 그가 원하기 전에 내가 먼저 참 힘들었겠다고 말했을 거다. 그러나 그 말을 듣고 싶어 하는 딸에게는 그 말을 해주지 않았다. 흐느껴 우는 딸에게 아주 단호하게 하지 않겠다고 도리질을 쳤다.

딸의 울부짖음은 잊고 있던 과거의 내 시간을 불러왔다. 돌이켜 보면 내게 '그때'는 하루하루를 전전긍긍했고 일분일초를 노심초사했던 때였다. 매 순간이 개미지옥 탈출기 같았다. 내 등에 업힌 자식을 같이 지옥에 둘 수가 없어 그저 기어오르고 또 기어오르는 일만 했다. 시간이 한참 지나고 나서야 '그때'가 개미지옥이었다는 것을 알게 되었다. 시간이 더 지나면서 그야말로 지나간 일이 되었다. 그렇다고 완전히 잊힌 것은 아니었다. 가끔 그때 그걸 어찌 견디었나 하는 뒤늦은 아득함이 밀려올 때도 있고, 그래도 지나와서 다행이라는 생각이 들기도 했다. 어쨌든 지독했던 과거의 시간은 현재의 시간에 스미면서 점점 더 연해지고 있었다.

딸이 힘들었던 시간과 내가 힘들었던 시간은 같은 시기

에 다른 공간에서 있었던 시간이다. 나로서는 하루하루가 살얼음판을 건너는 것처럼 조심스러워서 슬픈 일이건 기쁜 일이건 내색하는 법을 잊고 살던 때였다. 딸아이가 남들이 부러워하는 학교에 입학을 했는데도 그 입학식에 가지 않았다. 공부방을 할 때였는데 내 자식 입학식에 가느라 아이들 수업을 하루 쉬었다가 그만두는 학생이 생길까 봐 두려워서 못 갔다. 나중에 누가 그랬다. 그런 일은 오히려 학생들 집집마다 휴강 안내문을 빙자한 광고를 돌려 소문을 내야 하는 일이라고. 그러면 학생들이 왕창 늘었을 거라고, 농담처럼 그랬다. 그러나 그때는 그렇게 머리를 굴리고 재고 따지지 못할 만큼 절박했다. 단지 개인 일로 하루 휴강했다가 한 명이라도 그만두면 수입이 줄고 그러면 더 힘들어진다는 생각만 머리에 꽉 차 있었다.

그러니 그해 봄, 딸에게 제대로 안부를 물어줄 겨를이 없었다. 그저 며칠에 한 번 걸려오는 딸의 전화에 안도할 뿐이었다. 딸의 목소리가 기운이 없으면 심장이 철렁 내려앉는 기분이면서도 힘드냐고, 혹시 무슨 일 있냐고 묻지를 못했다. 대전에서 멀리 떨어져 있는 내가 해결해 줄 수 없는 일이 있을까 봐 조마조마한 마음으로 나 혼자 한숨을 쉴 뿐이었다. 어렵다는 기초 과목 공부를 더 열심히 하라고 다그치기만 했다. 학점이 제대로 나오지 않아 얼마라도 등록금을 내야 할까 봐 심란하던 그런 시절이었다.

그런데 딸아이가 십 년 전 그때 위로받지 못했다고, 지금이라도 그때의 힘듦을 알아달라고 운다. 그 당시의 몇 년은, 그러니까 나의 사십 대 중후반은 그 아이의 인생을 힘들게 하지 않기 위해서 전전긍긍하던 시간이었는데 그 아이는 그 시간이 아주 힘든 시간이었다고, 그 힘든 시간을 엄마가 몰라줬다고 엉엉 운다. 어릴 때도 잘 울지 않던 딸이 그렇게 흐느끼며 우는 모습은 처음이었다.

나는 '그때' 무엇을 한 것인가라는 당황스러움이 몰려왔다. 나는 나대로 얼마나 많은 걱정과 고민으로 밤을 보냈던가. 이를 악물고 끙 소리 한번 내지 않고 버티던 시간이 순식간에 와르르 무너져 내렸다. 자식의 한마디 말에 눌러둔 시간이 들쑤셔지면서 지금은 없는 '그때'라는 허상의 개미지옥에 다시 빠진 것처럼 숨이 막혀왔다. 일부러 잊으려고 애썼고, 그렇게 기억에서 삭제했다고 생각했던 때가 갑자기 모래바람을 일으키며 눈앞을 가로막고 목구멍을 파고들어 숨통을 조여왔다. 너 힘들었겠다고 말해달라는 흐느낌이, 미안하다는 사과의 말을 해달라는 것처럼 들렸다. 마치 내가 그 시절을 잘못 살았다고 탓하는 것처럼 들렸다. 나는 잘못 살지 않았는데, 나는 정말 내가 할 수 있는 최선을 다했는데. 억울함이 불쑥 치밀어 올랐다.

퍽, 누가 등짝을 때린 것처럼 순식간에 몸이 꼬꾸라지면서 울음이 터졌다. 눈에서 눈물이 줄줄 흐르고 입에서 엉엉 소리가 나는 울음이 아니라, 허리가 꺾이면서 가슴이 억억 막히는 정말 이상한 울음이었다. 숨을 쉬고 싶은데 숨이 제대로 쉬어지지 않아서 가슴팍을 텅텅 두들기게 되는 울음이었다. 십 년이 다 되어가는 묵은 시간의 서러움과 억울함과 외로움이 뒤섞여 한꺼번에 터져 나오는 울음이었다.

그때 갑자기 딸이 벌떡 일어나 나를 안았다.

"엄마, 숨 쉬어!"

하면서 등을 쓸어주었다.

그러자 그 이상한 울음이 사르르 잦아들었다. 후우 숨이 쉬어졌다.

그제야 그때의 딸이 힘들었겠다는 생각이 들었다. 딸은 일곱 살에 초등학교를 입학해서 고등학교를 이 년 만에 졸업하고 대학에 진학했다. 스무 살도 아닌 열여덟 살, 지금 생각해 보니 정말 어린 나이다. 주변에서 일어나고 있는 일들을 혼자 감당하기에는 벅찬 나이였다.

그렇지만 이미 타이밍이 끝나버린, 딸이 원하는 그 말은 하지 않았다. 드라마처럼 모녀가 부둥켜안고 울거나 하지도 않았다. 딸은 딸대로, 어미는 어미대로 각자의 눈물과 콧물을 닦고, 찬물 한 컵씩 벌컥 마시고 다시 밥을 먹기 시작했다.

뽀얀 국에 만 밥은 내 맘처럼 딸의 맘처럼 퉁퉁 불어버리고 고기도 식어버렸다. 하지만 울음을 끝낸 모녀는 남은 수육에 새우젓을 얹어 먹으며 식어도 맛있다는 수다를 시작했다. 밖에서는 매미가 여전히 햇빛을 찌르며 울고 있다. 아까는 '찌르르르 맴맴' 울었는데 이제는 '미암미암' 우는 것 같다. 2021년 팔월 어느 날, 아침밥이 점심이 되어버린 정오의 일이다.

새벽 네 시

> 새벽 네 시 잠들지 않아(…)
> 나만 왜 이렇게 힘든 건가요
> 오늘 밤이 왜 오늘의 나를 괴롭히죠
>
> 오왠(O.WHEN)의 노래 <오늘>에서

비 온다. 추적추적 내린다. 지난밤 단잠 잤나 안부를 추적하고 싶어진다. 젖은 꿈으로 발목이 시리지나 않았나 걱정이 된다. 아침 출근길 우산이 어깨를 잘 가려줬는지도 궁금하다.

비 온다. 줄줄 내린다. 비가 편지지처럼 널따란 수국 이파리 위에 소식을 적어준다. 흘러내린다. 하지만 읽을 수가 없다. 줄줄 흘러내리는 것은 마음일까.

'저녁 드셨어요?'
'아니요.'
'왜요?'
'넘어가지 않아요.'
'먹어요. 꾸역꾸역 먹어요. 먹고 버텨야죠. 그래야 나중에 덜 힘들어요.'

카페에 앉아 글을 쓰고 있다. 비 오는 창밖을 보는데 문득 생각나는 사람이 있다. 요즘 집에 갑자기 큰일이 생겼는데 그 일 때문에 마음이 힘들어서 밥이 안 넘어간다는 사람. 며칠 전부터 그랬다고 한다. 걱정스러워서 저녁 무렵에 문자를 했더니 역시나 밥을 못 넘기고 있다. 걱정이 목구멍을 막고 있나 보다. 아침도 대충 먹었겠지. 어젯밤 잠도 뒤척였을 게 뻔하다.

마음이 힘든 그녀의 애인이 되어주고 싶다. 애인처럼 달래주고 싶다. 전화를 걸어본다. 전화를 받는 목소리에 기운이 없다. 이것저것 말을 시킨다. 힘들 때일수록 밥 잘 챙겨 먹으라고, 오늘 저녁부터 날이 갑자기 춥다고, 추울 때는 뜨끈한 국밥이 최고라고, 육개장이라도 한 그릇 먹으라고, 비 그치면 더 추워지니 외출할 때는 스카프라도 준비해서 다니라고.

자꾸 말을 시키는 속셈은 따로 있다. 목구멍에 들어찬 걱정을 끄집어내려는 것이다. 그녀는 다행히 내가 한 문장 말하면 열 문장을 이어간다. 날이 춥다는 내 말을 받아 낮에 외출했을 때도 쌀쌀했다고 한다. 오후에 약속이 있어서 나갔다 들어왔다는 말도 같이 한다. 나는 추임새를 적당히 넣으며 이야기를 듣는다. 말한다고 지금 당장 걱정이 사라지는 건 아니지만 잠시나마 털어내길 바라는 거다. 듣다 보니 한 시간이 지났다.

전화기를 들고 있는 사이 밤이 되었다. 비는 여전히 내린다. 어둠이 물든 유리창에 멍울멍울 고여 있던 빗물이 흘러내린다. 갑자기 눈물이 난다. 솔직히 말하면 오늘 낮부터 그랬다. 운전을 하다가, 차 앞 유리창에서 흘러내리는 빗물을 보다가, 라디오에서 흘러나오는 노래를 듣다가 뜬금없이 눈물이 흘렀다. '새벽 네 시'라는 노래 가사가 기억 속에 멍울멍울 고여 있던 마흔다섯 살 무렵 '나의 새벽 네 시'를 불쑥 데려왔다. 먼 기억이 눈앞의 빗물처럼 주르륵 흘러내렸다.

그때의 나는 새벽 네 시가 무서웠다. 날이 밝는 게 무서웠다. 별일 없는 듯 밥을 해서 아이들을 먹이고 돌봐야 하는 일이 겁이 났다. 아무 일도 없는 듯 청소를 하고 공부방을 열고 수업을 해서 살아내야 하는 낮이 두려웠다. 혼자 돈을 벌어 생계를 해결해야 하는 일이 숨이 막혔다. 갚아도 줄지 않는 빚을 감당해야 하는 일이 목을 졸랐다. 나는 그때 집을 버리고 떠난 사람을 원망하며 아무것도 안 하고 두 무릎에 고개를 묻고 울고만 싶었는데 그럴 수 없었다.

집 밖으로 울음이 벽을 뚫고 나갈까 봐 울지도 못했다. 마음의 집은 웃풍이 심해 시리고 서럽던 때였다. 심장은 겉으로 쏟아내지 못한 눈물로 퉁퉁 부어 웃으면서 사람을 만나는 일이 벅찼다. 누군가에게 안겨 편안하고 따뜻한 품속에서 눈을 감고 가만히 있고만 싶었다.

낮이건 밤이건 달팽이처럼 젖은 몸을 숨기고 가만히 있고만 싶었다. 하지만 그때 나는 혼자였다. 두려움을 견디기에는 낮은 너무 환하고 눈부셔서 눈이 아팠다. 어찌어찌 저녁 지나 밤이 오면 안도의 한숨을 내쉬었지만, 불면으로 깊은 잠을 자지 못하다 깨어나는 새벽 네 시는 너무 견디기 힘들었다. 다시 버티어 내야 하는 시간이 밀어닥치는 소리가 저벅저벅 들리는 것 같았다. 겨우겨우 숨을 쉬던 때라서 울 만큼 크게 허파 꽈리를 부풀리지도 못했다.

그게 십 년도 더 지난 일인데 이제야 노래 가사 한 자락에 눈물이 나와버렸다. 오래 고여 있던 눈물이 무게를 감당하지 못하고 물풍선처럼 터져버렸나 보다. 카페 유리창에 빗물 흘러내리는 게 보이니까 다시 눈물이 흘러내린다. 빗물처럼 흘러가 버린 시간이 자꾸 서러움을 데려온다. 위로하기 위해 걸었던 전화를 붙잡고 나도 모르게 훌쩍거린다.

울먹이는 내 목소리에 나보다 더 큰 슬픔을 가진 오늘의 애인이 깜짝 놀란다. 왜 그러냐고 묻는다. 오히려 나를 걱정하는 목소리다. 나는 눈물을 훌쩍이면서 막막했으나 위로받지 못했던 나의 사십 대를 고백한다. "그랬구나, 힘들었겠네." 들어주는 사람이 있으니 나는 아이처럼 울어버린다. "그때, 엉엉, 정말, 흑흑, 힘들었어요, 으흐흑." 위로해 주려고 전화했다가 도리어 위로를 받는다. "괜찮아, 괜찮아. 다 지나갔잖아. 잘 견뎌낸 희정 씨 대견해." 오늘 불쑥 나타난 마흔다섯 살의 나를 위로해 준, 지금 힘들어 밥도 못 먹는 애인의 목소리에 힘이 들어가 있다. 신기하다. 나는 그녀에게, 그녀는 나에게 그만 울고 저녁 먹으라며 서로를 다독인다. 편안하게 잘 자라고 인사를 건넨다. 전화를 끊고 나니 실없이 웃음이 난다. 속이 개운하다.

나는 젖은 종이처럼 빳빳하고 축축했던 마음에서 물기를 걷어내고 새로운 페이지로 넘어간다. 다시 글을 쓰기 시작한다.

25-49-55

스물다섯, 대학병원 응급실 간호사로 일을 시작했다. 몇 년 후 결혼과 동시에 생긴 허니문 베이비를 핑계로 병원을 그만두던 날 다짐을 했다. '죽어도 다시는 병원에 취직하는 일은 없을 거야!'

나의 십 대는 간호사를 꿈꿔본 적이 단 한 번도 없었다. 천문학과를 가서 우주의 별을 보겠다고 꿈꿨다. 생물학과에 가서 식물을 연구하는 것도 재미있겠다고 생각했다. 아주 잠깐은 미대에 가고 싶기도 했다. 하지만 아빠는 그런 쓸데없는 것을 배워서는 돈을 벌기 힘들다고 했다. 80년대 그 시절 완고한 부권 아래 별들은 블랙홀 속으로 사라져 버렸다. 절대 권력 가부장 앞에 식물들은 우수수 잎을 떨구고 시들어버렸다. 미대는 무슨 미대냐는 소통 불가 호통 앞에 그림 그리고 싶은 꿈은 검게 칠해져 사라졌다. 다가올 시대는 여자도 직업을 갖고 사회생활을 해야 한다는 앞선 의식과 유교 문화의 완고함을 겸비한 아빠는 내 대학 입학원서에 간호학과를 써넣었다. 내가 아니라 아빠가 쓰고 아빠의 도장을 쾅 찍었다. 그렇게 간호학과를 가서 간호사가 되었다.

처음 근무한 곳이 하필이면 응급실이었다. 돌발 사건 사고가 지뢰처럼 터지는 응급실 근무는 힘들었다. 역한 피비린내가 없어지기도 전에 다시 들려오는 구급차 사이렌 소리에 내 심장이 먼저 터질 것 같았다. 지금도 사이렌 소리를 들으면 두근두근 긴장된다. 그 와중에 결혼도 했다. 결혼과 동시에 임신이 되었다. 병원 3교대 근무를 하면서 육아를 하는 것은 불가능하다. 시어머니든 친정 엄마든 언니든 하다못해 시누라도, 육아를 도울 사람이 있어야 한다. 나는 시어머니와 친정 엄마와 언니와 시누가 다 있었다. 하지만 그 당시 내 주변의 어느 여자도 내 아이를 길러줄 형편이 안 되었다. 육아를 핑계로 당당하게 싫어하던 간호사라는 일에서 벗어날 수 있었다. 그렇게 이십 년이 넘는 시간이 흘렀다.

마흔아홉 살 생일이 지나고 나니 일 년 뒤면 쉰 살이라는 생각에 잠이 오지 않았다. 나이 한 살 더 먹는 게 뭐 별거라고 잠까지 안 올 일이냐 싶지만, 그때는 심각했다. 내 이름으로 돈을 벌고 싶다는 욕구가 끓어올랐다.

그 당시 하던 공부방도 돈을 버는 일이지만 우연한 기회에 누군가의 엄마로 시작한 일이었다. 큰아이가 초등학생일 때 영어 공부를 내가 시켰다. 흔히들 보내는 영어 학원에 보내지 않고 영어 독서와 관련된 책과 자료를 뒤져 정보를 정리해서 알파벳과 기초 파닉스부터 가르치기 시작했다. 아이는 책을 무척 좋아했다. 그런 아이의 성향에 맞게끔 영어 그림 동화책부터 시작해 어린이용 챕터북까지 골라서 오디오북을 매일 들려주었다. 아이가 잘 따라주어 성과가 좋았다. 초등학교를 졸업할 무렵에는 어지간한 영어책을 무리 없이 읽게 되었다. 그 당시 선풍적인 인기를 끌던 『해리 포터』 시리즈를 원서로 읽을 정도의 수준이 되었다. 아이의 실력이

동네에 소문이 나면서 우리 아이를 공부시켰던 방법으로 아이들 영어 공부를 시켜보고 싶은 엄마들 몇 명이 아이들을 부탁했다. 이렇게 시작한 공부방은 아이들이 늘면서 수입이 꽤 좋았지만 나는 만족스럽지 않았다. 왠지 허전했다. 과연 이 일이 나이를 더 먹어서도 계속할 일인가를 고민하는 내가 보였다.

지붕 아래 누구의 엄마가 아닌, 누구의 아내가 아닌 내 이름으로 살고 싶었다. 주민 등록증에 쓰여 있는 '최희정'으로. 이런 생각을 하게 된 결정적인 계기가 있었다. 목돈이 필요해 은행에 대출 상담을 하러 갔다가 그동안 세금을 낸 것이 없어서 대출이 불가능하다는 말을 들었다. 돌이켜 생각해 보니 결혼 후 직장을 그만둔 후로 내 이름으로 돈을 번 흔적을 남긴 것이 없었다. 집을 살 때도 남편의 이름으로 샀고 의료 보험도 남편 이름 아래 있었다. 국민연금도 내지 않았다. 흔히들 말하는 사회생활의 흔적이 전혀 없었다. 나는 나대로 열심히 돈을 벌며 살았는데, 내 이름으로 세금을 내지 않아 내가 돈을 벌었다는 것을 증명할 수 없다는 사실은 충격이었다. (공부방은 소득 신고를 하지 않아도 운영할 수 있다.)

내 이름으로 돈을 벌어 나를 먹여 살리고 싶다는 생각으로 매일 고민했지만 쉰 살을 앞둔 나이에 무슨 일을 어떻게 시작할지 알 수 없었다. 직업을 구해서 내 이름으로 된 통장에 월급을 받고 내 이름으로 4대 보험이 보장되는 삶을 살고 싶지만, 이십 년 넘게 '경단녀'로 살아온 내가 할 수 있는 일은 거의 없었다. 무언가를 새로 배우고 자격증을 딴다고 해서 쉰 살이 넘은 생초보인 여자가 직업을 구하기는 하늘의 별 따기일 게 분명했다.

장롱 서랍 속 깊숙이 넣어둔 간호사 자격증을 꺼내 본다. 손바닥만 한 종이 쪼가리에서 구급차 사이렌 소리가 귓가에 들려온다. 피와 소독약이 섞인 역한 냄새도 코끝으로 밀려온다. 환자와 의료진이 뒤섞인 아수라장이 눈앞에 보인다. 한숨이 푹 나온다. 자격증을 다시 서랍에 넣는다. 서랍을 닫아버린다.

애들 먹일 간식을 사러 빵집에 간다. 빵 포장을 하는 사람을 자세히 본다. '저런 일부터 시작해 볼까?' 저녁 반찬거리를 사러 마트도 들른다. 계산대에 삼겹살과 상추와 두부를 올려놓고 계산원을 유심히 본다. 물건을 확인하고 가격을 입력하는 손동작이 빠르다. 내 앞에 선 손님의 열 가지가 넘는 물건을 척척 계산해 낸다. 누군가가 멸치 액젓은 어디에 있냐고 묻는다. 망설임 없이 대답한다. 그 광경을 보면서 가뜩이나 없는 자신감이 말린 대추처럼 쪼그라든다.

고기를 구워 아이들과 맛있게 저녁을 먹고 나니 포만감으로 졸음이 온다. 잠이 눈꺼풀을 내린다. '희정아, 일 년 뒤면 쉰 살인데 너 그때는 뭐 하면서 살고 있을까?' 잠이 들려던 찰나 다시 눈이 떠진다. 잠이 안 온다. 내 이름으로 돈을 벌어 나를 먹여 살리고 싶다는 생각이 스멀스멀 올라온다. 장롱 서랍을 열고 간호사 자격증을 꺼낸다. 불안하고 딱딱한 표정의 이십 대의 내 사진이 쉰을 앞둔 나를 바라본다. 말을 건넨다.

'힘들었던 것 알아. 그래도 해봐. 힘들면 그때 가서 다시 생각해. 일단 시작하는 거야.'

그 후 대한간호협회 산하의 간호인력취업교육센터를 통해 유휴 간호사 재취업 교육을 받았다. (나처럼 재취업을 망설이는 경력 단절 간호사에게 혹시라도 도움이 될까 싶어서 어느 곳에서 교육을 받았는지 단체명을 구체적으로 썼다.) 같이 교육을 받던 사람들도 병원 일이 너무 힘들고 지긋지긋해서 다시는 간호사로 일하지 않겠다는 다짐을 하고 그만둔 경우가 많다는 것이 놀라웠다. 결혼 후 육아를 위해 어쩔 수 없이 그만둔 사람도 많다는 것은 씁쓸했다.

교육을 마치고 집에서 가까운 요양병원에 취직했다. 첫 출근을 하던 날 돌아가신 아빠가 떠올랐다. 내 뜻과 무관하게 간호학과에 보냈던 아빠. 그게 싫어서 아빠를 많이 미워했고, 결혼 후 퇴직하면서 병원 간호사로 다시는 취직하지 않으리라 다짐했는데 결국 다시 간호사 유니폼을 입게 되었다. 마음이 묘했다. 그런데 일을 하다 보니 나와 잘 맞았다. 간호사란 직업은 꼼꼼한 내 성격과 어울렸다. 남들보다 뛰어난 관찰력과 순발력은 환자들의 다양한 상태에 대처하기 좋았다. 쉰 살이라는 나이 덕분에 엄마와 비슷한 연배인 환자들의 행동을 이해하기도 수월했다. 살면서 겪은 여러 어려움은 고향 땅을 떠나 멀리 한국에 와서 일하는 간병사들의 고생을 이해하는 데 도움을 주었다.

요즘은 퇴근길에 가끔 아빠를 생각한다. 아빠 몰래 학과 공부 외에 딴짓을 많이 했던 파란만장했던 반항의 역사를 떠올리며 혼자 웃는다. 휴학했다가 복학한 스물다섯 살 대학 졸업반 그때, 다른 친구들은 코앞으로 다가온 자격증 시험에 매달려 있었지만 나는 간호사 자격증 시험에 떨어질 결심으로 학교 앞 책방에서 시집을 읽고 문학 월간지를 읽으면서 시간을 보냈다. 하지만 자격증 시험은 통과됐고 결국 병원에 취직할 수밖에 없었다.

쉰다섯 살 지금은 최희정이라는 이름으로 취직을 해 돈을 벌고, 세금을 내고, 최희정이라는 이름으로 글을 쓰고 세상을 만나고 있다.

추억이 불꽃처럼 빛나요

토요일 밤 서울의 도로는 어디나 막힌다. 상도역 방향으로 천천히 언덕길을 내려오고 있었다. 갑자기 하늘이 환해진다. 불꽃이다. 노란색으로 점점이 빛나는 불꽃들이 아주 커다란 원을 만들며 검은 밤하늘로 퍼져나간다. 연이어 붉고 푸른색의 작은 원들이 나타났다 사라진다. 차 안에서 갑자기 만난 풍경에 혼자서 큰 소리로 감탄사를 내뱉으며 하늘을 본다. 우회전해서 상도역을 지나 터널을 빠져나오니 길은 차가 제자리에서 꼼짝하지 못할 정도로 막힌다. 세 방향에서 나온 차들이 뒤엉켜 있다. 밖을 보니 수많은 사람이 걸어가는 게 보인다. 둘씩 셋씩 짝을 이루어 걷고 있다. 아마 불꽃 축제를 구경하고 집으로 돌아가는 사람들인 것 같다.

오늘 여의도 불꽃 축제가 있었나 보다. 뉴스 사진을 찾아보니 사람들이 엄청나게 모여 있다. 공중에서 찍은 사진 속에는 축제를 기다리는 사람들이 강변에 펼쳐 놓은 돗자리들이 마치 여러 색의 작은 헝겊을 이어 붙인 커다란 조각 이불 같다. 나도 저기에 저렇게 돗자리를 펼치고 불꽃 축제가 시작되기를 기다리던 때가 있었다. 아들이 열두 살 때 그리고 열세 살 때 연이어 두 해 동안 불꽃 축제에 갔다. 한 번은 아들과 둘이, 또 한 번은 아들 친구와 셋이 갔다. 공부방을 하던 때라 일찍 가서 여유 있게 좋은 자리를 잡을 수가 없었다. 일을 마치고 가느라 어쩔 수 없이 어두워진 다음에 갔다. 정말 사람이 많았다. 이미 낮부터 자리를 잡은 사람들로 빼곡해서 우리가 앉을 돗자리를 펼만한 작은 공간을 찾기 어려웠다. 어찌어찌 겨우 자리를 잡고 구경을 했다. 십 년 전 일이지만 지금도 눈에 선하다.

툭툭. 드디어 불꽃이 쏘아 올려진다. 하늘 높이 붉은색의 커다란 공이 만들어진다. 붉은 공 주변으로 작고 노란 공들 여러 개가 나타난다. 투두둑 툭툭. 검은 허공으로 쏘아 올려진 빛줄기가 분수처럼 다시 흘러내린다. 빨강과 파랑의 불꽃이 휘돌면서 태극 문양을 만든다. 투두, 두두두두두. 공연의 마지막에 이르자 아주 많은 폭죽이 동시에 터지면서 밤하늘은 온통 하얀 불꽃으로 뒤덮인다. 끝날 것 같으면 또 터진다. 계속 터진다. 폭죽 터지는 소리와 불꽃이 겹쳐지면서 사람들의 입에서 감탄사도 터져 나온다. 사람들의 이마가 환해지는 순간이다. 반짝이는 불꽃이 사람들의 눈동자로 스며들어 시신경을 밝히며 기억으로 변하는 순간이다. 강물 위로 떨어지는 수많은 불꽃과 사람들이 쏘아 올린 감탄사가 밤하늘에서 만나 찬란한 추억의 입자로 변하는 순간이다.

정체가 심해 움직이지 않는 차 안에서 아들에게 문자를 보내 불꽃 축제에 갔던 것을 기억하냐고 물어보았다. 당연히 기억한다는 대답이 돌아왔다. 축제가 끝나고 사람들에게 떠밀리듯이 여의도를 건던 일도 기억난단다. 서 있어도 저절로 걸어질 만큼 사람이 많아서 신기했단다. 늦은 밤 집으로 돌아오는 길에 먹은 해장국도 기억난단다. 아들의 이야기를 듣다 보니 열세 살 사내아이 둘이서 뚝배기 가득한 순댓국을 국물까지 싹싹 핥듯 먹던 장면이 떠오른다. 빈 그릇을 내보이며 뿌듯해하던 얼굴도 떠오른다. 친구와 마주 보며 킥킥거리던 얼굴도 기억난다. 그 표정이 재미있어서 사진도 찍어두었다.

가다 서다 하며 겨우 한강대교에 이르렀을 때 차들이 더 많아졌다. 노량진과 상도동과 흑석동에서 나온 차들이 엉켜 움직이지 못하고 있다. 오른발로 브레이크를 밟고 두 손으로 핸들을 잡고 앞차가 움직이길 기다리고 있을 때 딸이 사진을 보내왔다. 나무들 사이로 불꽃이 화려하게 뿜어져 올라가는 사진이다. 그 사진을 보자 딸과 함께 보았던 불꽃놀이가 떠올랐다. 딸아이 스무 살 무렵이었다. 둘이 파주 통일동산에서 하는 공연을 보러 갔다. 저녁 무렵 시작한 공연은 밤이 되어서 끝났다. 우리는 공연이 끝날 무렵 바로 주차장으로 이동했다. 차가 한꺼번에 빠지면서 정체가 되면 주차장을 벗어나는 데 시간이 오래 걸릴 것 같아 다른 사람들이 움직이기 전에 먼저 나섰다. 주차장에 도착해서 내

차를 향해 빠른 걸음으로 걷고 있었다.

"두두두두 파파팍 팡!"

폭죽이 터지는 소리가 아주 커다랗게 들렸다. 그리고 하늘 한가득 불꽃이 펼쳐졌다. 딸과 나의 머리 바로 위에서. 보통 폭죽을 쏠 때는 안전을 위해 사람들 위로 쏘지 않는다. 그러니 그날도 공연장 바로 위가 아닌 그 옆에 있는 주차장 방향으로 쏘아 올렸던 것 같다. 때마침 우리는 거기 있었다. 그리고 머리 바로 위에서 불꽃이 터지며 장관을 이루는 모습을 볼 수 있었다. 딸과 나는 걸음을 멈추고 고개를 한껏 쳐들고 하늘을 올려다봤다. 수천수만 개의 빛의 방울들이 우리에게 쏟아져 내리는 것 같아 아찔하고 황홀했다. 이 장면은 살면서 보아온 가장 멋지고 화려한 기억으로 남아 있다.

십여 년이나 지난 지금은 그날 밤하늘에 가득했던 불꽃의 모양이나 색은 정확하게 기억나지 않는다. 잊고 있었다. 하지만 딸이 보내준 사진을 보는 순간 그때의 짜릿함이 머릿속에서 가슴속에서 다시 불꽃으로 팡팡 터진다. 다시 빛난다. 아마도 또 십 년이 지나고 십 년이 더 지나서도 어디선가 불꽃놀이를 본다면 그 장면은 빛으로 환하게 떠오를 거다. 그러면 된 거다. 아들은 '불꽃 축제'라는 말을 들었을 때, 열세 살 소년 시절 가을 어느 날 밤하늘에 무수히 터지던 꽃불을 기억한다면 된 거다. 딸도 갑자기 폭죽이 터지며 밤하늘을 밝히는 불꽃을 보게 될 때 스무 살 무렵 파주에서 보았던 빛의 순간을 기억하면 된 거다.

길은 끝없이 막히고 있다. 다리를 걸어서 건너는 많은 사람을 바라본다. 모두 표정이 밝다. 움직이지 않는 차 안에서 얼마나 오래 기다려야 정체가 풀릴까 알 수 없다. 하지만 답답하지 않다. 오늘 불꽃놀이를 즐기고 집으로 돌아가는 사람들을 보며, 오래전 시간 속에서 아들과 함께했던, 딸과 함께했던 불꽃놀이를 꺼내 쏘아 올린다. 나의 아이들이 사는 동안 어느 날 문득 앞이 캄캄해질 때 아주 잠시라도 불꽃이 팡팡 터졌던 순간을 떠올리며 눈앞이 다시 환해지길 바라면서 딸이 보내준 사진을 바라본다.

네가 생각났어

사시사철 양말을 신는다. 심지어 잘 때도 신는다. 물론 여름에도 예외는 아니다. 추위를 가장 먼저 느끼는 곳은 발가락이다. 발가락이 시리면 금방 배가 차가워지고 몸 전체가 추워지고 마음이 오그라든다. 그러니 양말은 일 년 내내 나의 필수품이다.

여름 무더위에도 양말을 신는다. 심지어는 샌들이나 납작한 여름 운동화를 신을 때도 신는다. 친구들은 이런 나를 놀린다. 촌스럽단다. 발가락만 가리는 양말을 추천해 주기도 한다. 하지만 나는 비웃음을 무릅쓰고 발등을 덮어주고 발목을 감싸는 양말을 신는다.

이렇게 양말을 피부처럼 몸에 붙이고 살게 된 것은 수술실의 냉기를 내 몸이 기억하기 때문이다. 십여 년 전 갑자기 허리 디스크 수술을 받았다. 어린이날 전이었으니 날씨는 덥지도 춥지도 않았다. 하지만 수술을 마치고 회복실에 있을 때 내 발은 얼음장처럼 차가웠다. 너무나 발이 시리고 시리다 못해 아파서 울었다. 간호사가 이불을 두 개나 덮어주고 담요까지 찾아 얹어주었지만 발은 여전히 시렸다.

한때 마취과 간호사로 일한 적이 있어서 그 이유를 안다. 수술하기 위해 의료진이 입는 옷은 두툼한 면으로 만들어져 있다. 그 위에 긴 팔 수술복을 또 입는다. 그리고 두건을 쓰고 마스크를 착용한다. 이렇게 옷을 껴입고 여러 시간 수술하다 보면 당연히 덥다. 그러니 수술실 안은 아주 세게 냉방을 튼다. 하지만 환자는 수술대에 알몸으로 눕는다. 당연히 맨발이다. 전신 마취를 한 상태라서 춥다고 느끼지 못하지만, 맨발은 수술실의 냉기를 고스란히 기억한다. 나는 특히나 추위를 많이 타고 수족 냉증이 심한 편이어서 더 발이 시리다고 느꼈을 것이다.

수술을 받던 그 당시 나는 집에서 공부방을 했다. 학생이 많지 않아서 굳이 보조 교사는 필요하지 않았다. 하지만 근처에 살던 오랜 친구에게 딱한 사정이 생긴 것을 그냥 넘길 수가 없어서 마치 도와줄 사람이 필요한 것처럼 같이 일해달라고 청했다. 아직 열 살도 되지 않은 어린아이 둘을 혼자 키워야 하는 형편이 안타까웠기 때문이었다. 그 친구도 내 속마음을 모르진 않았다. 하지만 친구에게 불행이 겹쳐 갑자기 큰 병을 진단받게 되자 성격이 예민해지고 내가 자기를 이용한다는 오해를 했다. 한번 생긴 오해는 점점 커졌다. 아무리 해명해도 풀어지지 않았다. 심지어는 나보다 직장생활을 오래 한 자기를 무시한다는 이해할 수 없는 말까지 했다.

감정 대립으로 긴장이 팽팽했지만 나는 오랜 친구 사이니까 오해는 풀릴 것이라 믿었다. 그런데 어느 날 연락도 없이 출근을 하지 않았다. 전화도 받지 않았다. 수업을 하던 방을 뒤져 보니 그동안 모으고 정리한 수업 자료가 사라지고 없었다. 준비성이 철저한 성격이라 자료를 미리 따로 보관해 둔 것이 있어서 수업에는 지장이 없었지만 이십 년 지기 친구의 배신은 대인 기피증을 낳을 정도로 심한 충격을 주었다. 사람들을 만나는 것이 두려웠다. 누군가 웃으면서 내게 말을 건네면 저 사람도 속으로는 나를 이용할 생각을 하고 있지 않을까 하는 두려움이 생겼다.

아무리 생각해 봐도 잘못한 일이 없는데 자꾸 내가 잘못해서 이런 일이 생긴 것 같았다. 세상이 내 흉을 보는 것 같았다. 힘든 처지에 있는 친구를 괴롭힌 나쁜 사람이라고 수군거리는 것 같았다. 큰 병까지 있는 사람인데 무조건 감싸주지 않았다고 나를 비난하는 것 같았다. 혹시 친구가 저 사람에게 나를 비난하는 말을 하지 않았을까 하는 걱정도 들었다. 그래서 일주일 넘게 공부방에 오는 아이들 외에는 아무도 만나지 않은 적도 있었다. 아는 사람들을 만날까 봐 집 밖으로 나가는 것이 무서웠다.

마음의 병이 커지자 몸이 무너졌다. 휘청 무릎이 꺾이더니 허리가 펴지지 않았다. 움직이는 게 너무 고통스러웠다. 소리를 내면 배에 힘이 들어가고 허리가 더 아파서 비명도 지르지 못했다. 그때 처음 알았다. 너무 아프면 소리 내어 고통을 호소할 수 없다는 것을, 그저 끙끙거리게 된다는 것을.

수술실에 들어가 눕자 혼자라는 막막함이 몰려왔다. 퍼지는 마취제 기운에 스르르 눈을 감으면서 어쩌면 다시 눈을 뜨지 못할 수도 있겠다는 공포가 몰려왔다. 회복실에서 눈을 떴을 때는 살았다는 안도감보다는 추운 세상으로 다시 떠밀렸다는 서러움이 몰려왔다. 그리고 한없이 추웠다. 그 순간을 생각하면 아직도 발목이 시리다. 발가락이 뻣뻣해진다. 지나간 시절의 냉기를 기억하는 마음은 몸이 추워지면 같이 오그라들곤 한다. 마음의 발이 시려온다. 마음도 걸음이 엉킨다. 십 년 넘게 지났지만 양말을 신지 않으면 여전히 몸도 마음도 불안하다.

작년 봄에는 유난히 노을이 고왔다. 주황색 노을 사진을 애인에게 보내면서 노을빛 닮은 멍게가 먹고 싶다는 농담을 했다. 마침 멍게 철이니 당장 만나 함께 먹자는 답장이 왔다. 나는 신이 나서 약속 장소인 화정역으로 달려나갔다.

지하철 역사 계단을 올라오는 애인의 손에 검은 비닐 봉지가 들려 있다. 그녀가 웃으면서 봉지를 내민다. 양말이 들어 있다. 발목까지 오는 양말 세 켤레. 하늘색과 연노란색과 연초록색. 놀이동산에서 파는 솜사탕 같은 색이다. 지하철 상가에서 파는, 분명 세 켤레에 오천 원 하는 양말이다.

"네가 생각났어. 너 여름에도 양말 신잖아."

솜사탕을 입에 넣었을 때처럼 마음이 달콤해진다. 연노란색 양말을 신으면 나폴나폴 가볍게 잘 걸을 수 있을 것 같다. 연초록색 양말을 신으면 성큼성큼 씩씩하게 잘 디딜 것 같다. 하늘색 양말을 신으면 폴짝폴짝 하늘을 날 듯이 잘 뛸 것 같다.

다정한 말 한마디가 폭신한 양말이 되어, 오랫동안 얼음 속에 묻혀 있던 마음의 발이 사르르 녹는다. 따뜻해진다. 그날 멍게와 술은 내가 샀다.

석 달 뒤 여름 어느 날, 다시 그 애인을 만났을 때, 봄날 내게 선물로 준 양말에 매우 감동했었다는 말을 전했다. 양말 애인은 내 말에 감격하는 눈치였다. 그리고 며칠 후 택배로 선물이 왔다. 여름용 얇은 양말 열 켤레. 어린이 양말처럼 레이스도 달려 있다! 하하. 여름 내 나는 색색의 양말을 번갈아 신었다. 양말을 신을 때마다 그날의 애인이 생각나 슬며시 웃음이 났다.

그 후 지하상가에 걸려 있는 양말을 보면 또 웃음이 난다. 그날의 애인이 생각나서. 횟집 수족관에 멍하게 머리를 박고 있는 멍게를 봐도 기분이 좋아진다. 멍게를 먹던 날 애인이 준 양말이 생각나서. 다시 봄이 오고 멍게 철이 오면 연락을 해야겠다. 애인이 준 연노란색 양말을 찾아 신고.

그해 오월 장미

그해 오월, 붉은 장미가 피었다.

나 사는 일이 힘들고 벅찰 때, 당신에게 가서 내게 기대게 했다. 내가 당신에게 기대고 싶었으나, 내 고단함의 무게로 당신이 기울어질까 봐 내게 기대라 했다. 당신도 나만큼 힘들고 벅찬 일이 많았으니까.

나 외롭고 쓸쓸할 때, 당신에게 가서 내가 먼저 사랑을 시작했다. 당신이 나를 사랑해 주길 바랐으나, 내 외로움은 너무 크고 깊어 당신도 거기에 갇힐까 봐 내가 사랑을 주기로 했다. 당신은 나보다 더 외롭고 쓸쓸했으니까.

두 어깨에 고단함을 매달고 힘든 일상을 버틴다는 것, 두 발목이 외로움에 묶인 채로 쓸쓸하게 길을 걷는다는 것, 살면 살수록 외롭지 않을 수 없다는 것을 이제는 안다.

당신을 내게 기대게 했던 일들이나 내가 당신에게 사랑을 주었던 일들은 기실 내가 나를 세우고 사랑한 일이었다. 눈치채지 못했겠지만, 나는 당신에게 사랑을 먹이고 사랑이 된 당신을 내가 먹었다.

올해 오월도 붉은 장미가 왈칵왈칵 쏟아진다.

오늘은 너의 애인이 되어줄게

종일 부슬비가 내리던 날이었다. 비를 핑계로 만나 저녁을 먹었다. 탁자 위에서는 매운 생선찌개가 끓고 있었다. 오랜만에 만난 인성은 대구탕을 좋아한다고 말했다. 대구탕 맛있게 하는 집을 안다며 다음에는 그 집에 가보자는 말도 했다. 식사를 마치고 밖으로 나왔을 때 비가 그쳤다. 우리는 식당 근처 구불구불한 골목을 걸었다. 좁은 골목 양쪽으로 지은 지 오래된 주택들이 노란 가로등 불빛 아래 꾸벅꾸벅 졸고 있었다. 푸른 대문의 집 앞을 지날 때, 그는 어릴 때 살던 집도 저런 색의 페인트가 칠해진 집이었다고 말했다. 골목이 끝나는 곳에 있는 작은 카페에서 커피를 한 잔씩 마시고 헤어졌다. 집으로 가는 버스 안에서 그에게 문자를 보냈다. 힘들고 지쳐 보인다고. 요즘 무슨 일 있냐고. 잠시 후 답이 왔다.

'늘 웃는 낮으로 다정하게 대해주면 돼.
내가 심각해도 너는 다 초월한 듯 심각하지 않게,
내가 우울해도 너는 그 우울 너머에….'

질문에 어울리지 않는 답장을 보고 잠시 망연한 기분이 들었다. 버스 창밖은 어둡다. 유리창에 비친 내 얼굴에 유리창 밖에 매달린 빗물이 겹친다. 물방울들이 버스를 벗어나지 못하고 비틀거리며 흘러내린다. 버스는 빠른 속도로 자유로를 달린다. 달린다. 달린다.

아주 오래전 자유로를 달렸던 여름날이 생각난다. 십여 년도 더 지난 그해 8월 친구 지영과 나는 새벽부터 자유로를 달렸다. 김포대교를 달렸다. 외곽 순환 도로를 달렸다. 고속도로를 달렸다. 동해까지.

"넌 아무것도 준비할 것 없어. 내가 집 앞에서 전화할 테니 몸만 나와. 아침은 가다가 휴게소에서 먹자."

마음에 비가 들이치던 날들이 계속되던 때였다. 젖을까 봐 나를 쉽게 열지 못하던 시절이었다. 그래도 습기는 쌓이는 법. 결국 내 속 구석구석이 눅눅해져 버렸다. 나는 단지 여행을 가고 싶다 말했지만, 그녀는 나의 젖은 마음을 보고 있었다. 강원도 바닷가에서 우리는 종일 같이 걷고 먹고 그늘에 누워 쉬면서 지냈다. 지영은 내게 무슨 일이 있는지 묻지 않았다. 그러니 나도 대답할 필요가 없었다. 대답을 찾기 위해 생각하지 않아도 되고 그저 편안히 쉴 수 있는 시간이었다.

〈멜로가 체질〉이라는 드라마에서 천우희가 다짜고짜 친구들에게 안아달라고 하는 장면이 있다. 소파에 앉아 텔레비전을 보던 친구들은 당황해서 천우희를 바라본다.

"안아줘, 힘들어."

그녀는 다시 한번 말한다. 우는 표정도 슬픈 표정도 힘든 표정도 아니다. 오히려 담담해 보인다. 한 친구가 일어나 아무 말 없이 그녀를 안아준다. 다른 친구들도 엉거주춤 일어나 그녀에게 다가가 안아준다. 아무것도 묻지 않고 꽉, 아주 꽉 안아준다.

인성이 보낸 문자를 다시 곱씹어 본다.

'늘 웃는 낯으로 다정하게 대해주면 돼.'

'늘'이라는 부사가 붙은 저 문장은 얼마나 이기적인가. 기쁨과 슬픔을 저글링 공처럼 던지고 받기를 되풀이하면서 사는 인생끼리, 서로 위로해 주며 살자는 말이 아닌, 항상 온전히 위로받기만을 원한다는 저 말은 이치에 맞는 부분이 하나도 없다.

평소에 따지기 좋아하는 성격이 나다. 이건 이래서 잘못되었고 저건 저래서 위험하다고 분석해 주려고 한다. '왜?'라고 되묻는 일도 많다. 까칠한 표정과 의심스러운 눈빛으로 상대방의 말을 꼼꼼히 되짚어 문제가 되는 부분을 찾아주고 해결 방법을 알려주려고 한다.

그런데 자신은 심각해도 나는 다 초월한 듯 심각하지 않게, 우울해도 나는 그 우울 너머에 있어달라는 말을 듣는 순간 내가 왜 그래야 하는지, 내게 왜 저런 무심한 다정을 바라는지 되묻지 않았다.

어린아이가 넘어졌을 때, 아이의 조심성 없음을 탓한다고 울음이 멈추지는 않는다. 다친 무릎을 살피고 어루만져 주면 엉엉 울던 울음소리가 잦아든다. 물 한 모금 먹이고 조용히 안아주면 아이는 눈물을 멈춘다.

지금 인성은 그런 때인 것 같다. 갑자기 들이닥친 인생의 여러 가지 문제에 걸려 넘어져서 아프고 쓰라리다. 하지만 어른이라서 맘껏 울지 못한다. 예기치 못한 힘든 일이 닥쳤을 때 문제 해결을 돕겠다고 살아온 인생을 들추며 문제의 원인을 찾아 들이민다면 오히려 더 기운이 빠지고 웅크리게 된다. 같이 밥을 먹고 술 한 잔 나누는 시간이 오히려 어깨를 가볍게 해줄 수 있다. 함께 공원을 걸으며 실없는 농담을 주고받을 때 오히려 무릎을 세우고 다시 일어설 힘을 얻는다.

나는 그가 원하는 대로 만날 때는 내 일상의 희로애락을 덮고, 아니 닫아두고 웃는 얼굴로 마주하기로 마음먹는다. 오래전 지영이 내게 그렇게 했던 것처럼.

인성과 함께 있는 동안은 우울이 차지하는 부피를 줄여주려고 애써야겠다. 내 안에 웃음을 넣고 다정함을 넣고 심각함 대신 농담을 넣어서. 이것은 또한 나도 웃음 속에 있게 하고, 다정함 속에 머물게 하고, 심각함을 치우고 우울 너머로 이동시키는 효과를 낼 수도 있으리라.

그래서 결심한다. 같이 있는 동안은 우울하지 않기로, 우울을 잊기로, 우울을 넘어 사차원적인 농담이나 툭툭 던지기로. 그렇게 지금을 건너기로.

답장을 보낸다.

'응, 그렇게 할게. 늘 웃는 낯으로 다정하게 대해줄게.'

네가 오는 밤 골목에 다정함을 켜둘게

얼룩이 묻어 길이 지워진 지도를 들고 나를 찾아올 때

귤차 한 잔 준비하고 푹신한 소파를 비워둘게

너는 거기 앉아서 몸을 파묻고 눈을 감아

나는 작은 등 하나 켜놓고 가만히 네 옆에 있을게

오늘은 너의 애인이 되어줄게

II

아이처럼 마음이 작아질 때에도

당신도 나도 힘들 때는 아이처럼 마음이 작아져요
그럴 때는 힘들다고 말하세요 무섭다고 울어도 돼요
분명 어른의 마음을 가진 누군가가 손 내밀어 줄 테니까요
같이 도망가 주겠다고

「어른의 마음을 가진 누군가가 함께」에서

의기양양, 양양 터널 극복기

묵호, 여기 내가 사는 곳에서 그곳까지의 거리는 285km. 자동차로 운전해서 세 시간에서 네 시간 정도 시간이 걸린다. 한 달 전쯤 그곳에 가기로 마음먹었다. 그리고 날짜도 정했다. 오늘이 바로 그날이다. 두근두근. 살짝 떨린다. 솔직히 어제까지 갈까 말까 망설였다. 어제는 종일 비가 내렸는데 만약 오늘도 비가 오면 길이 미끄러우니 가지 말아야겠다고 미리 가지 않아도 되는 핑계를 준비해 두었다.

장거리 운전을 많이 해본 사람이라면 이것이 망설이고 고민할 일인가 반문하겠지. 하지만 나는 지금까지 강원도 바닷가까지 혼자 운전해서 가본 적이 없다. 다른 사람과 번갈아 가며 운전을 한 적은 있지만. 야무지고, 똑똑해 보이고 뭐든 알아서 척척 잘할 것 같다는 말을 듣지만 의외로 소심하고 겁이 많아서 깜깜한 밤에 100km가 넘는 속도로 고속도로를 달리는 것이 무서웠고 무엇보다 양양 고속도로 여기저기에 있는 터널에 대한 두려움이 있었다.

터널은 사방으로 어둠이 가득하고 불빛 몇 개에 의지해서 달려나가야 한다. 언제 끝날지 내비게이션도 알려주지 않는다. 터널 속에서는 GPS가 위치를 잡지 못하니 길 안내를 받을 수 없다.

내 인생도 기나긴 터널 구간이 있었다. 이십여 년을 친하게 지내던 친구를 잃고 사람이 무서워 사람을 피하던 시절이 있었다. 사람을 만나는 게 힘에 부쳤고 웃으며 안부를 묻고 일상적인 이야기를 나눌 기운도 없었다. 나는 자꾸 움츠러들기만 했다. 삼사 년을 그렇게 살았다. 엎친 데 덮친 격으로 관리비를 내기도 벅찰 정도로 경제적인 문제가 컸다. 문제를 같이 해결해야 할 사람이 현실을 원망하며 주저앉는 바람에 하루하루를 혼자서 전전긍긍했다.

달팽이처럼 살았던 시절이 있다. 그때 내 안에는 두 명의 내가 있었다. 낮이면 아무 일도 없는 듯 야무진 얼굴로 공부방을 운영하면서 아이들을 가르치고 학부모들을 만나는 내가 있었고, 그들이 모두 돌아간 저녁이면 흐늘흐늘해진 몸과 정신을 늘어뜨린 채 구불구불한 굴속 같은 집으로 들어가 숨는 달팽이로 사는 내가 있었다. 내일이 오지 않았으면 좋겠다는 심정으로 매일 밤 딱딱한 껍데기에 들어가 소리를 내지 못하고 울었다. 무거운 집을 등에 지고 축축한 맨몸을 반만 내놓고 배를 깔고 기어다녔다. 누가 조금이라도 나를 건드리면 달팽이처럼 움츠려 숨었다. 그저 막막하게 하루하루를 견뎠다. 언제 끝날지 모르는 어두운 터널을 지나듯.

인생의 터널은 하나가 아니더라. 나는 그 후로도 길고 짧은 여러 터널을 지났다. 당신들도 그랬듯이. 서울 양양 고속도로에도 여러 개의 터널이 있다. 몇십 개의 터널이 있다. 몇 년 전 친구들과 속초를 간 적이 있는데,

터널과 터널이 연달아서 나오는 구간은 조수석에 앉아 있는데도 무서웠다. 그리고 아주 긴 터널을 지날 때 끝없는 어둠 속으로 빨려 들어가는 공포를 느꼈다. 적지 않은 사람들이 기다란 터널을 지날 때 식은땀이 나거나 심장 두근거림 등등의 폐소 공포증일 때와 비슷한 증상을 경험한다고 한다. 직접 운전하지 않았는데도 그런 아찔함을 경험하고 나니 내가 차를 몰고 갈 생각은 아예 하지 않았다. 나중에 운전 잘하는 애인이 생기면 그때나 가봐야지 하는 달콤 빵빵한 풍선껌 같은 꿈을 꾸고 있었다.

올여름, 이 두려움을 극복해 보고 싶었다. 오 년 넘게 다니던 요양병원을 그만두고 임종 환자 간호를 배우고 싶어 호스피스 센터로 직장을 옮긴 후 심한 '태움'을 겪게 되었다. 자기들끼리는 웃고 떠들면서 나를 보면 싸늘하게 변하는 얼굴들을 마주하기가 힘들었다. 말 한마디와 표정 한 가지까지 지적을 하며 주눅 들게 하던 분위기에 숨이 막혔다. 정신적인 스트레스가 너무 심해서 불면과 악몽이 반복되고 출근할 시간이 되면 숨이 막히고 답답했다. 나를 괴롭히던 사람 중 한 명에게서 내가 상부에 고충을 이야기한 것이 마음에 들지 않아서 일부러 일을 제대로 가르쳐주지 않는다는 말을 듣던 날 결국 그곳을 그만두게 되었다. 나를 보호하기 위해 그들에게서 벗어나기로 했지만, 계획했던 일을 제대로 마무리하지 못한 좌절감이 나를 짓눌렀다. 또 다른 터널이 시작될 것 같은 두려움이 들었다.

호스피스 센터를 그만두고 건강을 추스르면서 지냈다. 자고 먹고 자고 먹고를 반복하며 쉬다 보니 멍하던 정신이 개운해지고 아무 일이 없는데도 두근거리던 심장도 조용해졌다. 그동안 바빠서 만나지 못했던 사람들도 만났다. 큰언니 집에 가서 하소연도 하고, 일 년 만에 만난 후배를 따라 좋은 식당에 가서 맛있는 것도 먹었다. 어느 때는 비 오는 길을 산책하기도 했다. 불안을 떨쳐버리고 편안함 속에 매일매일 즐거운 날들을 보내다 보니 조금씩 용기가 생겼다.

그래, 바로 지금이야. 가자, 묵호로. 양양 고속도로를 달려 터널을 극복하러!

인터넷으로 묵호까지 가는 길을 자세히 살핀다. 몇 개의 길을 알려준다. 수도권 제1순환 고속도로를 타고 가다가 양양 고속도로와 동해 고속도로를 이용해서 가는 길이 제일 빠른 길이라고 한다. 그다음으로는 광주원주 고속도로를 타고 가는 길이 있다. 이렇게 가면 터널이 많지 않은 영동 고속도로를 이용해서 묵호를 갈 수 있단다. 하지만 터널에 대한 두려움을 극복할 수 있는 길은 아니다. 그러니까 어쨌든 양양 고속도로를 이용해서 가야 한다. 내 목표는 묵호에 무사히 도착하는 것이 아니라 길고 긴 터널을 겁내지 않고 통과하는 것이니까. 터널이 60개가 넘는단다. 가장 긴 것이 내가 공포를 느꼈던 바로 그 '인제 양양 터널'이다. 길이가 10km가 넘는다니! 내가 자주 다니는 길과 비교를 해보니 성산대교에서 출발해 양화대교와 마포대교를 지나 한강대교도 지나고 동작대교까지 가는 거리보다 더 길다. 십 분 넘게 시속 100km로 터널을 달려야 하는 거다. 출발도 하기 전에 긴장이 되었다.

아침에 일어나니 날이 맑다. 비가 와서 갈 수 없다는 핑계를 댈 수 없다. 아들 방문을 열어본다. 쿨쿨 자고 있다. 깨워서 같이 가자고 할까? 방에 들어가 이름을 부르며 어깨를 흔드니 아들은 비몽사몽간에 돌아누워 버린다. 내 안에 들어 있는 여러 명의 '나' 중에서 한 명이 망설이는 나를 야단친다. '너 혼자 해낼 수 있는지를 시험해 보는 게 목적이라며?' 방문을 닫고 나와 우유에 시리얼을 말아 먹고 주섬주섬 짐을 챙긴다. 운전석에 앉아 시동을 걸고 내비게이션에 '묵호항'을 입력한다. 총 길이 285km. 소요시간 3시간 20분. 음악을 튼다. 자, 출발.

한 시간쯤 달리다 보니 춘천 가는 길이 나온다. 이 길은 며칠 전에 지인을 만나러 양평을 갔을 때 지나간 길이다. 한 번 갔던 길이라고 낯설지 않다. 마음이 편하다. 인생도 어떤 구간은 미리 연습이 필요하겠다는 생각이 스친다. 킥 웃음이 난다. 그런데 유량계를 보니 묵호에 도착하기 전에 기름이 떨어질 것 같다. 이런! 미리 점검하고 준비했어야 하는데 갈까 말까 망설이느라 살피지 못했다.

이 또한 잊지 말자. 망설이다가 막상 다가온 기회를 준

비가 없어 놓쳐버리지 말자. 홍천 휴게소에 들러 화장실도 다녀오고 다리 근육도 풀면서 어디서 기름을 넣을까 찾아본다. 올 때를 생각해서 최대한 많은 양의 기름을 채우고 싶다. 스마트폰을 켜고 검색을 한다. 동해 고속도로에 있는 구정 휴게소에서 기름을 넣으면 집에 올 때 더는 주유소에 들르지 않고 올 수 있을 것 같다. 여기서 인제 양양 터널이 얼마나 남았는지도 찾아본다. 길이 막히지 않으니 삼사십 분이면 갈 수 있겠다. 아직 기름을 채우지 않았고 터널도 만나지 않았지만, 계획이 있다는 것만으로도 마음이 든든해진다.

드디어 터널이 나타났다. 월문 1터널. 1km가 조금 넘는 길이인데 마음의 준비를 하는 동안 터널이 끝나버렸다. 하하! 연이어서 터널이 나온다. 어떤 것은 몇 초 만에 휙 지나가 버린다. 길이가 3km쯤 되는 서석 터널을 지날 때 혹시 예전처럼 아찔한 느낌이 들까 걱정했는데 아무렇지도 않았다. 야호!

인제 양양 터널이 가깝다는 표지판이 보인다. 이제 다른 길로 피할 수 없다. 심호흡을 한다. 핸들을 잡은 손에 힘을 준다. 속도를 조금 줄이고 음악 소리를 키운다. 이제 이 터널의 길이도 알고 대략 걸리는 시간도 알고 있기 때문에 긴장은 되지만 크게 무섭지는 않다. 집중해서 운전을 한다. 이 터널도 언젠가는 끝난다는 생각을 잊지 않는다.

길고 긴 터널 끝에 진짜 초록의 숲이 나온다. 가슴이 탁 트인다. 안도의 한숨이 쉬어진다. 한 시간쯤 더 달리자 동해라는 푯말이 보이고 바다가 보인다. 꺄아아아아, 바다다아아아! 차 안에서 혼자 소리를 지른다. 마음이 우쭐우쭐 신이 난다. 묵호항에 내려서 비린 미역 냄새가 섞인 바람을 맞으며 커피도 한 잔 마신다. 쫄지 않고 여기까지 온 내가 대견하다. 뿌듯한 마음으로 사진도 몇 장 찍는다. 길고 긴 터널을 무사히 통과한 오늘의 나를 기념한다.

요즘 내 처지를 잘 아는 애인에게 사진을 보낸다. 갑자기 동해안으로 혼자 떠난 나를 재미있어 한다. 바다를 즐기고 오라는 답장이 온다. 돌아갈 때 밤 운전이 어려울 것 같다는 내 걱정에 미리 겁먹을 것 없다고, 오히려 하나의 길로 쭉 달리기만 하는 고속도로 운전이 더 쉽다고, 터널도 왔던 길 되짚어가는 것이니까 훨씬 수월할 거라고 말해준다. 신기하게도 걱정이 사라진다.

애인의 말대로 돌아오는 길은 밤인데도 갈 때보다 운전이 쉽다. 가끔 앞에도 뒤에도 차가 없고 가로등조차 없어 양옆으로 검은 산만 보이는 길을 지날 때는 살짝 긴장되기도 했지만. 밤이 되니까 터널 안은 오히려 도로보다 환해서 전혀 긴장하지 않았다. 수많은 터널과 터널을 빠져나와 홍천 휴게소에 잠시 들러 쉰다.

차에서 내리면서 본 달이 아주 크고 밝다. 달은 지구 주위를 타원 운동을 하면서 도는데 지구에 가까워졌을 때 보이는 보름달을 '슈퍼 문'이라고 하고, 한 달 안에 두 번째 뜨는 보름달을 '블루 문'이라고 한단다. 마침 오늘 '슈퍼 블루 문'이 떴다. 어쩐지 커다랗고 둥근 달이 나를 지켜주는 기분이 든다. 사람들이 여기저기서 달 사진을 찍는다. 나도 사진을 찍는다. 그리고 집을 향해 출발한다.

무사히 집에 도착했다. 시동을 끄고 기지개를 켠다. 차에서 내리는데 하늘이 환하다. 나를 응원하며 따라온 커다란 보름달이 보인다. 내게 장거리 운전도 긴 터널도 겁낼 것 없다며 용기를 준 애인에게 달 사진을 보낸다. 집에 무사히 도착했다는 인사와 함께. 짧은 답장이 온다.

'잘했어. 앞으로도 잘할 수 있어.'

계에란, 계란이 왔어요

자전거가 서 있다. 출근하셨나 보다. 기웃기웃 경비실을 들여다본다. 안 계신다. 할 수 없이 그냥 집으로 들어온다. 잠시 후 비질 소리가 난다. 마스크를 챙겨 쓰고 후다닥 뛰어나간다. 우리 집 앞 대추나무에서 떨어진 낙엽을 쓸고 계신다.

"아저씨, 그제 계란 안 받아서 섭섭하셨죠? 제가 야간에 근무를 해요. 그날 출근 전에 잠깐 자다가, 잠이 덜 깬 채 몽롱하게 나와서 실수한 것 같아요. 죄송해요. 그리고 제가 드리는 컵밥 너무 부담 갖지 마세요."

"아이참, 그게… 달걀을 사러 갔더니 왕란으루다가 알이 크더라고요. 그래서 우리 집 먹을 거랑 해서 두 판을 샀지요. 지금 저기 냉장고에 있어요."

"아, 그럼 주세요. 저 그날 출근하면서 다시 생각해 보니 많이 죄송하더라고요."

아저씨 얼굴이 환해진다. 좁은 경비실 구석 작은 냉장고에서, 넣어둔 계란을 꺼내기 위해 쪼그리고 앉는 아저씨의 뒷모습이 보인다. 깨질까 봐 조심조심 꺼내 나온다. 내 마음은 더 미안해진다. 속으로 '이런 바보.' 내가 나를 책망한다.

사건은 이렇다. 어제저녁 우리 집으로 경비 아저씨가 계란 한 판을 들고 왔다. 병원에서 야식으로 나오는 컵밥을 가끔 드렸더니 고맙다고 인사를 온 거다. 계란 한 판은 식구가 둘뿐인 우리 집엔 너무 많은 양이고 컵밥을 드린 것이 보답을 바라고 한 일이 아니라서 웃으면서 안 받겠다고 사양했다.

아저씨는 그래도 받으라고 다시 권했고 나는 괜찮다고 손사래를 쳤다. 나는 출근 준비로 마음이 급해 밀어내듯이 아저씨를 얼른 보냈다. 그렇게 보내놓고 후다닥 저녁을 챙겨 먹고 출근을 하면서 생각해 보니 그제야 돌아서던 아저씨 표정이 마음에 걸리는 거다. 멀떠름하기도 하고 난감하기도 하고 섭섭해하는 것 같은 표정이었다. 일하는 내내 마음이 찜찜했다.

그냥 고맙다고 하면서 받았어야 했나 싶어 페이스북에 글을 올려 상황을 설명하고 물어보았다. 많은 사람이 당연히 받았어야 했다는 답을 달아주었다. 그 선물은 그간의 고마웠던 마음을 표현한 일이었다, 들고 오기까지 아저씨도 용기가 필요했을 것이다, 별거 아니라서 받지 않았다고 오해할 수도 있다, 고맙다는 인사와 함께 받았으면 아저씨께서 무척 뿌듯하셨을 거다 등등. 아저씨 마음을 헤아리지 않고 무조건 거절한 나 자신이 부끄러워졌다. 얼른 다시 가서 사과드리고 받아오라는 조언도 있었다. 기쁜 목소리로 다시 달라고 하면 아저씨의 섭섭한 마음도 말랑말랑 풀릴 거라는 말에 고개가 끄덕여졌다.

남들에게 민폐 끼치지 않겠다고 탈탈 털어내고 산다. 그러니 자꾸 빳빳하게 살게 된다. 뭔가를 받게 되면 그때부터 안절부절못한다. 얼른 갚아야지 하는 생각이 앞선다. 받는 게 부담스럽고 받은 만큼 돌려줘야 한다는 생각이 머리에 가득해진다. 하여 주는 마음을 깊게 헤아리지 못한다.

마음에 허기가 몰려왔던 때 단팥빵을 보내준 분이 있었다. 팥 앙금이 가득한 빵을 씹으면서 마음이 달콤해졌다. 고마운 마음에 빨리 갚고 싶었다. 그게 내 방법이었다. 그때 그분이 그랬다. 성격이 너무 깔끔해서 빚지고 못 사는 스타일이라 정이 없다고 그랬다. 그 말을 듣고 알았어야 했는데 울 엄마 말대로 헛똑똑이, '늦된 것'이라서 환해지는 아저씨 얼굴을 보고 이제야 깨닫는다. 주는 마음을 헤아려 고맙게 잘 받는 것이 주는 사람을 행복하게 한다는 것을.

내게 갈지 않은 커피 원두를 선물해 준 분이 있다. 그분은 내가 좋아한다는 것뿐 아니라 직접 원두를 갈아서 마시는 내 취향까지 알고 있었던 거다. 요즘 허리가 다시 아파 힘들어하는 내가 원두를 갈아 커피 향을 즐기며 잘 쉬기 바라는 마음을 보내준 것이다. 책을 보내준 분도 있다. 열심히 읽고 길을 만들라는 격려다. 누군가는 화장품이나 영양제를 건네기도 하는데 그들은 내가 이쁘고 튼튼하기를, 그래서 당당하게 빛나기를 바라는 게 아닐까.

주는 사람들 마음이 이제야 깊게 보인다. 작은 물건에 담긴 큰마음이 보인다. 이제는 받았으니 얼른 갚아야겠다는 생각을 버리고 주는 마음조차 품어 내 마음을 넓게 한다.

계란을 삶아 간장을 붓고 반찬을 만들어야겠다. 아저씨도 조금 드리고 엄마에게도 갖다드려야겠다. 가서 엄마에게 자랑해야지. 엄마, 뺏뺏하게 갇혀 살던 헛똑똑이가 이제 껍데기를 깨고 세상 밖으로 나오려고 해요. 자, 여기 계란이 왔어요. 크고 맛있는 '왕계란장조림'이 왔어요.

갈치를 보고 홍어를 깨닫는다

새벽 두 시에 잠이 깼다. 배가 고팠다. 배가 고프지만 먹지 않아도 괜찮은 시간이 새벽 두 시다. 누워 뒤척거리다가 다시 잠들면 되는 시간이다. 눈을 감고 뒹굴거린다. 그래도 잠이 오지 않는다. 차라리 일어나서 무언가를 먹어야겠다는 생각이 들었다. 나를 먹이기 위해 벌떡 일어난다.

새벽 두 시는 반찬을 꺼내고 밥을 차리기엔 귀찮은 시간이다. 간단하게 빵을 먹어야겠다. 따뜻하게 구워서 먹어야겠다. 냉동실을 연다. 뒤적뒤적 빵을 찾는다. 빵 대신 갈치가 보인다. 딸이 오면 구워주려고 샀던 갈치다.

홍어가 보인다. 엄마가 나를 주려고 산 삭힌 홍어다.

"얘, 너 좋아하는 홍어 사놨어. 와서 먹어. 오기 전에 전화하고 와. 새로 밥해놓을게." 내가 홍어를 좋아한다고? 전라도식 삭힌 홍어는 있으면 먹지만 없다고 찾아 먹는 음식은 아니다. 작년 어느 날 엄마 집에 갔다가 있길래 맛있게 먹고 온 적이 있을 뿐이다.

그런데 얼마 전에 엄마가 빨리 와서 먹으라고 전화를 했다. 홈쇼핑에서 그런 거 왜 사냐고 타박하고 전화를 끊었다. 언제 오냐는 전화를 한 번 더 받았다. 그리고 며칠 후 나는 빈손으로 엄마 집에 갔다.

"이것도 너 좋아하잖아. 그래서 쪘다." 굴비 뼈를 발라 살점을 밥에 얹어준다. 오른손 손목에 파스를 붙였다. 엄마는 몸 어딘가가 한번 아프기 시작하면 덜했다 더했다 계속 아플 나이다. 그래도 아직 생선 살 발라내는 실력은 예전과 같다. 시력도 아직 괜찮은가 보다. 무심한 딸은 그런 엄마 모습에 안심한다. 팔순이 넘은 엄마가 발라주는 생선 살을 쉰 살 딸이 받아먹는다.

집에 와 홍어를 냉동실에 넣었다. 그렇게 며칠이 지났다. 그러다가 나를 먹이려고 몸을 일으킨 새벽, 빵을 찾던 냉동실에서 홍어를 봤다. 엄마가 나를 먹이려고 장만한 것이다. 아래 칸에서 갈치를 봤다. 내가 딸을 먹이려고 준비한 것이다. 하지만 딸은 코로나 때문에 집에 못 오고 있다. 홍어를 꺼내 갈치 옆에 나란히 놓아둔다.

피자 도우가 보인다. 아들 군대 가기 전에 피자를 만들어주려고 샀던 냉동 도우다. 빵 대신 피자 도우를 꺼내 치즈를 얹는다. 냄새가 꼬릿한 고르곤졸라 치즈도 얹는다. 호두도 부숴 치즈 위에 얹는다. 계핏가루를 살살 뿌린다. 이렇게 만들어주면 아들이 잘 먹었다. 피자가 구워지면서 치즈 냄새가 집 안 구석구석 퍼진다. 계피 향도 같이 퍼진다. 주방에서 거실로, 비어 있는 아들 방에도 냄새가 성큼성큼 들어간다. 치즈가 노릇하게 익어 흘러내리는 피자 위에 밤꿀을 뿌려 한 입 먹는다. 아들처럼 입을 크게 벌리고 흐뭇한 표정으로 먹는다.

이따 점심에는 홍어를 먹어야겠다. 그리고 엄마에게 전화해야겠다. 앗, 점심 약속이 있는 게 생각났다. 그래도 전화는 드려야겠다. "신김치를 씻어 같이 먹으니 맛있어요. 엄마가 준 홍어를 먹으려고 밥도 새로 했어요." 나를 먹이려고 빵을 찾아 냉동실 문을 열었다가 갈치를 보고 홍어를 깨닫는다. 입안에는 밤꿀 맛이 달콤쌉쓰름하다.

미상환 부채 일금 오천만 원

큰언니가 결혼한단다. 2월에 졸업인데 12월에 결혼이란다. 아빠는 이럴 수는 없는 일이라고 펄펄 뛴다. 내가 시집이나 보내려고 대학 공부시켰는 줄 아냐고 큰소리 버럭버럭이다. 이미 결혼식 날은 잡았지만 아빠는 속상하고 억울하다. 그러니 언니 아닌 엄마한테 화를 낸다. 살림 밑천이라 생각하고 뼈 빠지게 공부시켜 놨더니 '엄마, 아빠 안녕, 세 명의 여동생과 한 명의 남동생도 안녕. 난 사랑을 따라 떠나요~.'인 거다. 그러니 울 아빠 성격에 분한 마음 당연하다.

고등학교 2학년 열일곱 살 내가 생각해도 언니가 좀 너무하다. 결혼하려고 공부한 것은 아닐 텐데 졸업하기 도 전에 결혼을 먼저 한다니 그동안 부모님이 들인 교육비가 아깝다. 어느 날 아빠의 잔소리를 피해 내 방에 와서 뜨개질을 하던 엄마에게 묻는다.

"낳아서 대학까지 공부시키려면 얼마나 들어요?"

"글쎄다. 니가 따져봐라."

더하기 쉬운 학비부터 계산한다. 초등학교와 중학교와 고등학교 학비를 더하고 마지막으로 대학 학비를 더한다. 쌀값도 따져보고 방값도 셈해보고 옷값 등등 대략 해보니 최소 오천만 원이다. 1985년 겨울의 계산이다.

"내가 졸업하고 돈 벌면 엄마한테 오천만 원 갚을게!"

"응? 훙훙훙, 그래라."

엄마가 코로 웃으며 대답한다. 그냥 하는 말 아니라고 연습장 부욱 찢어서 차용증을 쓴다. 볼펜을 꾹꾹 눌러.

엄마가 아예 큰소리로 깔깔깔 웃는다.

그로부터 20년쯤 지난 어느 날 친정에 갔다가 엄마의 옷장 서랍 깊숙한 곳에서 그 종이를 발견했다. '이게 뭐야! 엄마는 이걸 아직도 가지고 있는 거야?' 손이 덜덜덜 떨리면서 낯이 붉어졌다. 누가 보는 사람 없는데도 민망하고 부끄러웠다.

결혼하기 전 직장을 다니면서 번 돈은 내가 번 돈이라는 생각에 당연히 내가 썼고 결혼할 때부터 엄마의 도움을 받았다. 그 후로도 남편 사업에 필요한 돈 얻어 쓰고 생활비 부족하면 꿔다 썼다. 엄마는 목돈으로 내어주었는데 나는 푼돈으로 갚다가 말다가 하는 형편이었다. 십 년을 넘게 그렇게 살고 있는 중이었다. 나는 아직 오천만 원 중의 십만 원도 못 갚은 상태다.

드디어 빚을 갚을 수 있는 기회가 왔다.

"대상 받으신 분이 강원도에 사시는데 너무 멀어서 못 오신대요. 선생님이 꼭 오셔서 발표 좀 해주세요. 네?

제발 좀 부탁드려요."

"네, 해드릴게요."

올가을 대한간호협회에서 주최한 '유휴 간호사 재취업 수기 응모'에 최우수상으로 당선이 되었다. 하지만 행사에 참여할 생각은 없었다. 전염병으로 외출을 자제하느라 서울까지 가서 많은 사람이 모이는 장소에 가고 싶지는 않았다. 그런데 갑자기 대상 받은 분이 못 온다고 행사에 참석해 줄 수 있냐는 부탁을 받았다. 나는 단번에 하겠다고 대답했다. 그리고 어제부터 발표할 원고를 붙들고 씨름 중이다. 녹음해서 들어보니 어버버벅벅. 전국으로 나가는 유튜브 생방송이라는데, 줌으로 전국에 있는 지부로 방송 다 나간다는데. 한자 단어들은 왜 이렇게 발음이 더 꼬이는 건지.

아차차, 내일 뭐 입고 가지? 신발은? 아악, 머리는? 친구들은 내 머리 내가 드라이하면 안 한 거랑 똑같다는데 미장원을 가야 하나? 그럼 행사장에 두 시에 도착해야 하니까 몇 시부터 준비하고 움직여야 하나 등등 갑자기 마음이 부산해진다.

시간은 흘러 날은 밝고 아침부터 '아에이오우' 입술 운동에 '우룰룰룰' 혓바닥 운동까지 해본다. 원래 이쁘니까 눈썹 그리고 입술만 칠해도 괜찮을 거라고 최면을 건다. 마음이 좀 편해진다. 배가 두둑해야 안 떨지 싶어 밥도 잘 챙겨 먹는다. 혹시라도 조명이 침침해서 원고가 잘 안 보일까 봐 15포인트 볼드체로 출력해 밑줄 긋고 중간중간 '호흡', '응시' 이런 말도 써넣어 두었다. 그래도 운전하는데 심장이 쫄깃하니 떨린다.

내 이름이 불리고 연단에 선다. 앞에 주르르 선 카메라를 바라보니 웃음이 난다.

"안녕하십니까? 저는 고양시에서 온…."

세상에나, 내 안에 또 다른 내가 있나 보다. 잘 읽는다. 아니 읽는 게 아니라 연기도 한다. 어떤 대목에선 나도 모르게 손이 쑥 올라가 손짓을 한다. 좌중을 좌로부터 우로 주욱 훑어 지긋이 쳐다보고 호흡을 하나둘 조절한다. 마지막 문장은 한 단어 한 단어 힘주어 말한다. 한 발 뒤로 물러나 마무리 인사도 한다.

행사가 끝나고 꽃다발과 상장을 들고 엄마 집에 갔다. 내가 선뜻 전국 생방송 발표를 하겠다고 한 것은 엄마를 위해서였다. 엄마에게 보여드리고 싶어서였다. 신발을 벗자마자 꽃다발을 엄마에게 내민다. 한 아름 꽃을 받아들고 엄마는 놀란 표정이다.

"엄마, 나 오늘 상 받았어."

"무슨 상? 꽃도 받은 거야? 이 꽃 좀 봐. 아이구, 이뻐라."

"재취업 성공 사례 최우수상 받았어. 여기, 상장."

상장을 짜잔 펼쳐서 엄마 앞에서 읽는다. 손가락으로 한 글자 한 글자 가리키며 또박또박 읽는다. 엄마가 운다. 어라, 이건 각본에 없는 건데.

"나 이제 오천만 원 값은 거다."

"오천만 원? 아, 그거? 그래 다 갚은 거야, 하하하."

엄마가 웃는다. 나도 웃는다.

"니가 원래 어릴 때부터 글을 잘 썼지. 아참, 갈비탕 끓였다."

엄마는 여전하다. 기뻐서 울먹이면서도 여전히 내 밥부터 챙긴다. 나는 갈비탕에 밥을 말아 먹으며 엄마에게 낮에 찍은 유튜브 영상을 보여준다. 엄마가 돋보기를 찾아 쓰고 조그만 핸드폰 화면을 본다. 영상 속의 나를 보며 이쁘다고 웃다가 눈자위가 벌게진다. 나는 갈비탕 속 고기만 우적우적 씹는다. 엄마는 엄마 딸이 말도 잘한다고 웃는다. 그러다가 또 운다. 나는 목구멍에 고기가 걸린다. 꽃다발에 꽃이 열 종류가 넘는다고 꽃으로 엄마의 시선을 돌린다. 울 엄마 마흔 살, 쉰 살 인생의 꽃밭에 피어날 수 있었던 꽃은 백 가지도 넘을 텐데 그 꽃 팔아서 내 책을 사줬다.

"나 사진 한 장 찍어라."

늙은 얼굴 찍히는 것 싫다고 절대로 사진 안 찍던 엄마가 당신 스스로 사진을 찍어달란다. 한 손에는 내가 받은 상장을 활짝 펼쳐 들고 또 한 손에는 꽃다발을 안고 웃으신다.

"하나, 둘, 셋, 찍어요."

엄마 눈가가 붉다. 또 운다. 나는 안 운다. 집에 돌아오는 길, 초겨울 일찍 뜬 달빛이 뿌옇다. 단지 날이 흐려서 뿌옇다. 내 눈이 젖어서 뿌연 건 아니다.

사막 선인장, 내 아버지

몇 년 전 30여 년 만에 고등학교 동창 모임에 갔다. 한 친구가 인사를 나누며 나와 초등학교부터 고등학교까지 동창이었고 심지어 같은 골목에 살았다고 했다. 그는 자신이 기억하는 내 아버지 이야기를 해주었다.

키가 훤칠하고 이목구비가 뚜렷한 미남형인 데다가 목소리도 카리스마가 있었단다. 한문도 많이 알아서 동네 사람들이 어려운 서류 같은 것을 우리 집에 가져와 설명을 듣곤 했단다. 밥상에서 자기 부모님이 내 아버지가 필체도 참 좋더라고 칭찬하는 소리를 들었던 기억이 있다는 말도 했다. 그 말을 듣고 나는 아무 말 없이 그냥 웃었다.

내가 기억하는 내 아버지의 모습을 떠올려 봤다.

늦은 밤 딸깍 현관문이 열렸다 다시 잠기는 소리가 난다. 아버지가 잠들기 전에 현관문이 제대로 잠겼나 확인하는 소리다. 새벽 잠결에 방문이 살짝 열렸다가 조용히 닫히는 소리가 난다. 화장실에 가려고 나왔던 아버지가 잠자는 자식들이 별일 없는지 확인하고 다시 안방으로 들어가는 소리다. 그때 나는 아버지가 방문을 열어보는 것이 싫어서 안 자면서도 자는 척 이불을 뒤집어쓰곤 했다.

결혼 후 경제적인 문제로 너무 힘들어서 친정이고 친구들이고 다 연락을 끊었던 때가 있었다. 전화선도 빼놨다. 어느 날 전화선을 다시 꽂는데 바로 벨이 울렸다. 다시 전화선을 뽑아버릴까 말까 고민하면서 한참 바라보다가 전화기를 들었다.

"애비다."

"네."

"그래, 전화받았으니 된 거다. 끊는다."

결혼한 딸에게 생전 전화를 건 적이 없던 아버지는 내가 친정에 발걸음도 안 하고 연락조차 하지 않자 거의 매일 수시로 전화를 한 것 같았다. 그때 아버지의 낮은 목소리는 지금도 가끔 귀를 울린다.

아버지의 나이 서른일곱이었던 찬 바람 불던 어느 밤, 신열에 까부라진 어린 다섯 살 아들을 안고 종종걸음으로 뛰듯이 걷던 아버지의 모습도 떠오른다. 아픈 아이가 추위로 더 아플까 봐 군용 담요에 둘둘 말고 다시 이불로 감싸서 업을 수가 없었다. 그러니 아버지는 아이를 들듯이 안고 뛰듯이 걸었다. 논밭과 하천 사이 둑길을 삼십 분은 걸어가야 하는 먼 길이었다. 엄마는 걱정이 되어 일곱 살의 나를 아버지와 함께 보냈다.

"빨리 와, 빨리!" 아버지가 소리를 지른다. 작은 가방을 들고 뒤처져 있던 나는 어둠 속에 울리는 다급한 아버지의 목소리가 무서워 뛴다. 병원에 도착해 보니 아버지의 얼굴에서는 땀이 주르륵 흐르고 있었고 목덜미는 흘러내린 땀으로 번들거렸다. 그때 나는 어렸지만 아버지가 왜 헉헉거리며 달렸는지 안다.

그 아들이 열한 살이었을 때 일기장에 공부하기 싫다고 쓴 적이 있었다. 우연히 그걸 발견한 아버지는 아들을 때렸다. 기다란 각목으로 사정없이 두들겨 팼다. 동생 몸에 생긴 자줏빛 멍은 여름 방학 내내 지워지지 않았다. 그때 나는 아버지가 악마라고 생각했다.

내가 기억하는 아버지는 완고하고 무뚝뚝하고 권위적이고 화가 나면 자식을 때리는 무서운 사람이었다. 웃는 모습도 드물었고 다정한 말을 하지도 않았다. 그런 아버지가 싫어서 조용히 눈치채지 못하게 피하곤 했다. 고등학교 이후로는 공부를 핑계로 집에 늦게 들어갔다. 아버지가 있는 집이 너무 싫었기 때문이다. 대학을 가서도 마찬가지였다. 아버지는 가끔 당신을 피해 얼른 집에서 나가려고 후다닥 신발을 꿰어 신는 나를 불러 세워 용돈을 주었다. "이거 받아라." 딱 한마디 하면서 얼굴도 마주 보지 않고 만 원짜리 한두 장을 건네고는 내가 뭐라 말할 틈도 주지 않고 방으로 들어가 버렸다. 그때 종종 그런 일이 있었다.

아버지는 십여 년 전에 돌아가셨다. 얼마 전에 엄마한테 아버지가 내게 몰래 용돈을 주곤 했다고 이야기했더니 깜짝 놀란다. "너희 아빠가 그랬다니?" 하며 신기해한다. 매일 밤 문단속을 해주고, 자는 아이들을 살피던 아버지에 대한 기억으로 나도 밤이면 현관문을 다시 잠그고 살며시 아이들 방문을 열어보곤 한다. 엄마는 아직도 아버지가 직접 내게 전화해서 내 안부를 확인했던 일은 모른다. 그때 안절부절못하면서도 안도하던 아버지의 목소리는 나만 기억하고 있다.

엄마 집에 가면 돌아가신 아버지의 사진이 안방 벽에 걸려 있다. 숱 적은 머리를 포마드를 발라 단정하게 빗고 양복을 입고 찍은 사진이다. 얼굴에 적당히 주름이 있고 눈 끝도 아래로 처진 전형적인 노인의 사진이다. 아마 예순과 일흔 살 사이인 듯싶다. 이미 세상에 없는 늙은 아버지의 얼굴에서 돌쟁이 첫딸을 안고 환하게 웃는 젊은 남자가 보인다. 아기를 안고 있는 팔뚝이 단단해 보인다. 아주 오래된 흑백 사진에서 보았던 이목구비가 또렷하고 부리부리하게 큰 눈을 가진 소년의 얼굴도 있다.

그 소년은 십 대 중반의 아버지다. 어느 날 밤 우연히 새어머니가 공부를 그만 시키자고 부친에게 불평하는 소리를 듣고 어둠 속에 먹먹하게 서 있던 소년이다. 충청도 고향집에서 서울로 시집간 누이 집에 올라와 살면서 고등학교에 들어갔지만, 이듬해 한국 전쟁이 터지는 바람에 학도병으로 전쟁에 나서야 했던 소년이다. 그 소년은 아버지가 되었을 때 무엇보다도 자식들 공부를 가르치는 일에 최선을 다했다.

아버지가 돌아가신 지 십 년이 넘은 지금도 불같이 화를 내던 모습은 잊히지 않는다. 어릴 적 나는 아버지가 화를 낼까 봐 두려워서 하고 싶은 일을 망설임 없이 말하지 못했다. 지금도 여전히 소심하다. 내가 의기소침한 성격인 게 어릴 때 너무 무서운 아버지 호통에 주눅이 들어서 그렇다고 혼자 투덜거리기도 한다.

하지만 공부를 하고 싶어 열여섯의 나이에 집을 떠났던 소년이 어른이 되기도 전에 맞닥뜨린 전쟁 속에서 권위와 폭력을 배울 수밖에 없었음을 이제는 이해한다. 따뜻한 사랑의 몸짓을 배울 기회도 없이 전쟁터를 달려야 했고, 다정한 말을 배울 기회도 없이 총소리를 들어야 했던 소년을 생각하면 먹먹하다. 내가 소년의 나이였을 때 이해할 수 없었던 아버지를 내 자식이 소년의 나이가 되었을 때 이해하게 되었다.

격동과 고난의 한국사를 살다 간 1932년생 내 아버지는 '사막 선인장'이었다. 황량한 사막 한가운데 굵은 가시를 많이 달고 딱딱한 껍질로 뜨거운 태양 아래 묵묵히 서 있는 선인장. 나는 찔릴까 봐, 상처 입을까 봐 선뜻 다가갈 수가 없었다. 커다란 선인장 뾰족한 가시들 사이로 피어 있는 붉은 꽃 몇 송이가 보인다. 어둠 밝히는 불빛으로 빛난다. 나는 그 불빛으로 살았다.

"얼마나 동동거리면서 돌아다녔는지 점심도 못 먹었네."

엄마의 목소리가 들려온다. 내가 열두 살 무렵 엄마는 복덕방 아줌마였다. 요즘에는 오랫동안 공부를 하고 공인 중개사 자격증을 따서 하는 일이지만 70년대에서 80년대로 넘어가는 그때는 복덕방이라고 하는 작은 가게에 나이 든 아저씨나 할아버지 몇 명이 한가로이 앉아 있던 업종이었다. 아니면 동네 사정을 잘 알던 쌀가게 같은 곳에서 겸업으로 하기도 했었다.

"느그 큰언니는 고등학교에 막 들어갔지, 작은언니는

중학생이지, 그 아래로 너, 네 남동생, 거기다가 막내 개가 겨우 다섯 살인데, 참 먹고살 일이 막막하더라. 하다못해 구멍가게를 하더라도 물건 들여놓을 돈이 있어야 하는데 수중에 돈이 한 푼도 없는 거야. 이리 궁리하고 저리 생각해 봐도 뭘 해야 할지 모르겠더라고. 그래서 시작한 일이 복덕방이야. 그건 작은 가게 하나 얻어서 책상 하나 들여놓고 소파랑 의자 몇 개, 탁자 정도만 있으면 되는 일이었거든. 네 아빠가 한문도 잘 알고 서류 꾸미는 것은 잘했잖아."

내가 초등학교 4학년일 때 아버지가 허리를 심하게 다치고 병원에 여러 달 입원했다. 그 일로 아버지는 어쩔 수 없이 일을 그만두게 되었다. 먹고사는 일이 다급해진 엄마는 이리저리 머리를 굴려 복덕방을 차리게 되었다고 한다. 집을 구하는 사람들을 상대하는 일은 주로 엄마가 했다.

"주로 집을 보여주러 다니는 건 내가 했지. 네 아빠 그 성격에 사람 상대 못 해. 방 하나짜리 월세나 보증금 적은 전세 구하는 사람들 형편은 뻔한데, 그 돈 가지고 어떻게 집을 구하려고 하냐며 면박을 줘서 손님이 화를 내고 나가버리기도 했어. 그래놓고 괜히 나한테 짜증이나 내고. 그러니 손님 상대하는 일은 내가 했지."

혼자만의 이치와 사리를 내세워 소리를 버럭버럭 지르던 아버지 목소리가 들리는 것 같다. 나는 다시 열몇 살이 되어서 소리 지르는 아버지를 피해 안채로 들어와 물 한 사발을 마시며 한숨을 쉬던 엄마 뒷모습을 본다. 엄마는 물그릇을 내려놓고 마당으로 나와 가게를 한 번 기웃 들여다보고 옥상으로 올라간다. 그곳에는 엄마의 꽃들이 있다. 엄마는 쪼그리고 앉아 꽃에 물도 주고 시든 이파리도 따준다. 얼굴이 편안해진 엄마가 좁다란 옥상 계단을 다시 내려온다.

"그때는 집을 보여주러 걸어서 다녔어. 좀 먼 곳은 버스를 타고 다니고. 온종일 걷는 게 일이었지. 여름에는 얼마나 덥고 땀이 비 오듯 쏟아지는지 하루에도 옷을 몇 번씩 갈아입었어."

여름 방학, 안방에 배를 깔고 누워 책을 보는데 "아이고, 덥다." 소리를 뱉으며 엄마가 들어온다. 선풍기를 강풍으로 틀고 바람 앞에 앉는다. 그것으로도 모자라 커다란 남성용 손수건으로 목과 턱 밑의 땀을 훔쳐낸다. 나머지 한 손으로는 연신 부채질을 한다. 엄마의 몸에서 후끈한 한여름 땡볕의 열기가 고스란히 느껴진다. 벌떡 일어나 시원한 물이라도 한잔 떠다 드릴걸. 40여 년이 지나 이제야 생각이 돋는다. 나는 그때나 지금이나 철이 늦다.

엄마는 지금 내 나이인 쉰 살 무렵에 동네 산으로 새벽마다 등산을 하거나 집 근처 체육관에서 수영도 배웠다. 그렇게 활동적이던 분인데 안타깝게도 무릎은 일찍 망가졌다. 팔십 대 중반인 지금은 한 달에 한 번은 무릎 주사를 맞아야 겨우 거동을 한다. 재작년의 지팡이가 작년부터는 바퀴와 의자가 달린 보행 보조기로 바뀌었다.

"내가 열여섯 살 때였을 거야. 서울 사촌 언니 집에를 놀러갔는데 일요일 아침에 갑자기 난리가 터진 거지. 언니가 나 혼자 강원도 집까지 가는 건 위험하니 같이 피난을 가야 한다는 거야. 난 어렸으니 언니 말을 들었어. 그때 얼마나 많이 걸었는지 모른다. 어딘지 기억은 안 나지만 기차가 다니는 굴이 있었어. 전쟁 통에 기차는 안 다니고 피난 가는 사람들이 그 굴을 걸어 지나갔지. 어찌나 길고 캄캄한지 바로 앞에 가는 사람 등이 안 보일 정도였어."

엄마는 어릴 때부터 많이 걸었다. 전쟁 속에 집을 찾아 식구들을 찾아 서울에서 대전으로, 대전에서 원주로 걸어야 했다. 결혼 후 가장의 사업이 망하고는 떡 달라고 어흥거리는 호랑이 같은 자식들을 등에 업고 떨어질세라 살금살금 걸어야 했다. 먹고살 방도를 찾아내기 위해 과일을 이고 걸었고 참기름이며 들기름 병을 이고 다니기도 했다. 그 후에는 복덕방 아줌마로 몇십 년을 걸었다. 막내가 대학을 졸업할 때까지 그렇게 걷고 또 걸었다.

딸들이 그렇듯이 나도 '엄마처럼 살지 않을 거야'주의자였다. 우리 집은 교육에 있어서 딱히 아들딸을 차별하지는 않았다. 형편이 넉넉한 편은 아니었지만, 두 살

터울 딸 셋과 그리고 그 아래 아들과 막내딸 모두 대학 공부를 시킨 것은 엄마의 노력이 컸다. 그리고 자식들이 하고 싶어 하는 일이 있으면 아버지 몰래라도 할 수 있는 기회를 만들어주었다. 하지만 아버지가 화를 낼 때는 엄마는 한발 물러나 피하기만 했다. 어릴 적 나는 고집불통 아버지와 맞서지 않는 엄마의 모습이 답답했다. 엄마를 보며 나는 엄마처럼 참으면서 살지 않으리라 생각했다. 나는 엄마처럼 고생스럽게 희생하며 살고 싶지 않았다.

이제는 아흔을 바라보는 나이인 엄마. 허리가 굽어지고 무릎이 망가져 보행 보조기를 이용해야만 걸을 수 있다. 세월을 굴리듯 바퀴를 굴려 걸음을 옮기는 엄마의 뒷모습을 보는 일은 착잡하다. 나는 여전히 엄마처럼 살고 싶진 않지만, '엄마처럼 살지 않을 거야'주의자였던 것이 한없이 부끄럽다.

엄마는 너무 많이 걸었다. 철없던 딸자식은 이제야 미안한 마음이 든다. 말하다 울게 될까 봐 미안하다는 말을 못 하겠다. 고맙다는 말도 못 하겠다. 괜찮은 척 명랑한 척, 걷는 생을 살아온 엄마가 팔순을 넘기더니 요즘 눈가가 자주 붉어진다. 괜히 엄마를 울게 하고 싶지 않다. 같이 엉엉 울고 싶지도 않다. 하여 여전히 철없는 척한다. 그저 굽은 허리로 보행 보조기에 몸을 의지해 걷는 엄마보다 한 걸음 뒤에서 느리게 걸을 뿐이다. 엄마에게 절대로 '빨리' 가자고 재촉하는 말을 하지 않는다. 엄마 마음이 조급해질까 봐 엄마 앞에서 걷지도 않는다. 늦된 딸은 그것밖에 못 한다.

2월 치자꽃이 피었다

겨울 초입에 마당에서 거실로 들여놓은 치자 화분에 꽃봉오리가 달렸다. 치자가 꽃을 보여주는 계절은 오뉴월인데 일월도 되기 전에 봉오리가 생겨 깜짝 놀랐다. 식물을 키우는 일이 서툰지라 걱정이었다. 돌본다고 애를 썼다가 오히려 꽃이 피지 못할까 봐 근심이었다. 열 개가 넘게 달린 꽃봉오리를 보면서 조마조마했다. 사흘에 한 번 물을 주는 것이 고작이었다.

오늘 꽃이 피었다. 누군가 나의 걱정에 꽃은 알아서 잘

필 테니 걱정하지 말라고 했었다. 보름 넘게 연두색 봉오리가 동동 떠 있는 화분을 보면서 바깥 기온이 너무 차서 시들어 떨어질까 봐 불안했다. 내 눈길에 겁먹을까 봐 똑바로도 못 보고 곁눈으로만 슬몃 보았다. 다행히 어제부터 연두색 꽃봉오리가 살짝 흰색으로 변하더니 오늘 활짝 피었다. 화분이 놓인 자리가 동향이라 아침 일찍부터 햇빛과 햇볕과 햇살이 가득했다. 그 덕을 본듯하다.

뱃살이 넉넉한 요리사를 닮은 햇살이 아침 여덟 시에 출근했다. "잠깐 실례합니다." 인사를 하더니 불쑥 화분 곁에 서서 봉오리 하나를 들고 요리 쓰다듬고 저리 매만진다. 꽃봉오리가 뽀얘진다. 모양이 매끈하게 다듬어지자 본격 발효를 시작한다. 차 마시다 돌아보니 봉오리 끝이 살짝 부풀어 있다. 숙제하다 돌아보니 갸름하던 모양이 봉긋해졌다. 잠깐 쉬는 사이 햇살은 발효 끝낸 꽃봉오리를 따끈따끈하게 구워서 내놓는다. 잘 치대진 꽃잎이 결이 곱다. 잘 발효시킨 꽃송이가 도톰하다. 잘 구워져 향이 달다.

마당에 라일락나무 한 그루가 있다. 처음 이사 와서 마당 한쪽에서 겨우내 손가락 굵기의 가느다란 가지들이 흔들거리는 것을 보며 무슨 나무일까 궁금했다. 가장 굵은 것도 내 손목보다 가늘었다. 더군다나 나무가 오른쪽으로 기울어져 있어 볼품이 없었다.

봄이 되고 조그만 하트 모양의 연두색 잎들이 가지마다 조르르 돋았다. 아, 라일락이구나. 조금만 기다리면 꽃이 피겠네. 무슨 색일까? 흰색? 보라색? 마당 쪽으로 난 창을 열면 향기가 들어올까? 거실에서 베란다 쪽으로 의자를 놓고 앉아 라일락꽃을 봐야지. 기대하는 마음이 커졌다.

봄이 되어 벚꽃이 피고 벚꽃이 지고 드디어 라일락도 꽃이 피었다. 그런데 희한하게도 나뭇가지가 더 오른쪽으로 치우쳐 우리 집에서는 꽃이 잘 보이지 않았다. 실망스러웠다. 저 꽃들이 지면 오른쪽으로 치우친 가지를 다 잘라내야겠다 생각했다. 그러면 내년에는 좌우 골고루 새 가지가 나오리라 생각했다.

어느 날 점심을 먹고 아예 마당에 나가 꽃에 코를 박고 향기를 맡는데 문득 해가 보였다. 겨울에는 동향인 내 집 정면에서 떠서 오전에 마당을 비추고 점심 무렵이면 지붕으로 넘어가던 해가 오른쪽에서 빛나고 있는 것이 보였다. 라일락의 꽃송이들은 해가 잘 드는 쪽으로 풍성하게 피어 있었다.

'아! 오른쪽으로 치우친 가지들을 잘라도 다시 오른쪽으로 더 열심히 새 가지들이 돋겠구나. 내 집 마당에 있는 나무라고 내 마음대로 가지를 잘라봤자 나무는 기를 쓰고 해를 향해 다시 자라겠구나.'

편하게 꽃을 보고자 하는 욕심이 나무를 고생스럽게 할 뻔했다는 생각이 들었다.

올해도 마당에 라일락꽃이 피었다. 나무가 오른쪽으로 기울며 햇빛에 기댄다. 꽃을 잘 보고 싶어 베란다에 의자를 내놓고 앉았다. 나도 오른쪽으로 몸을 기울이며 꽃향기에 기대본다.

9월 국화의 뿌리

마당에 국화가 피었다. 노란 감국이다. 엄지손톱보다 작은 꽃들이 가느다란 가지에 담뿍담뿍 앉아 있다. 베란다 문을 열면 향이 쑥 들어온다. 자주색 봉오리도 꽤 많이 있었다. 오늘 아침에 보니 꽃이 피었다. 노랗고 작은 꽃술들이 소복하게 모여 작은 동그라미를 만들고 그 주변을 자주색 꽃잎이 둘러싸고 있다.

작년에는 국화가 피지 않았다. 지난가을 집 주변에 여러 색의 국화가 핀 것을 보았지만 우리 집에는 피지 않았다. 그래서 내 집 마당에 국화가 있는지 몰랐다. 왜 작년에는 피지 않았을까? 왜 작년에는 국화 이파리 하나 보지 못했을까?

생각해 보니 작년에 마당에 수국을 심었다. 엄마 집에서 가져온, 뿌리가 꽤 큰 것들이었다. 그것들을 심느라 삽으로 땅을 파헤쳤다. 기억을 더듬어보니 그때가 초

봄이었다. 이사 후 첫봄이라 땅속에 어떤 것들이 들어 있는지 몰랐다. 국화 싹이 아직 나올 때가 아니었다. 그러니 땅속에 국화가 있는지도 모르고 그냥 수국을 심은 것 같다.

국화 뿌리는 예기치 못한 삽질로 들쑤심을 당했을 것이다. 자리 잡았던 땅을 놓치고 엉키고 망가졌을 것이다. 잘려나간 부분도 있을 것이다. 뿌리는 엎어진 자신을 추스리고 다시 자리 잡는 데 힘을 쓰느라 잎을 내지 못한 것 같다. 그러니 당연히 꽃도 피우지 못했으리라.

올해는 국화가 피었다. 작년 1년 동안 제자리를 잡느라 애쓴 결과다. 지금 나는 그 결과인 꽃을 보고 있다. 꽃에서, 꽃을 피워낸 줄기로 시선을 옮겨본다. 시선을 점점 더 땅 쪽으로 옮겨본다. 줄기가 시작되는 곳, 그 아래에는 뿌리가 있을 것이다. 여전히 눈에 보이지는 않지만, 분명히 뿌리가 있다. 국화꽃이 다시 피기까지 뿌리는 오래전 처음처럼 실핏줄같이 가느다랗게 몸을 늘여 물과 영양분을 빨아들이면서 점점 자랐을 것이다. 작년 한 해를 통째로 땅속에서 굵어지고 넓어지고 튼튼해지는 일에 힘을 썼을 것이다.

10월 벚꽃, 다시 처음부터

작년에 찍은 사진 중에 이맘때 꽃이 핀 나무를 찍은 사진이 있다. 벚나무다. 호수 공원 뒤 농작물을 가꾸는 비닐하우스들이 많은 동네의 길가에 벚나무들이 있다. 그곳은 자동차 두 대가 서로 마주 달리기도 좁은 길이고 인도가 따로 정비되어 있지도 않아서 사람들의 왕래가 적다.

그 한적함이 좋아 봄이면 꽃을 보러 이곳에 왔다. 나이가 제법 있어 보이는 나무들은 꽤 멋지게 꽃을 피웠다. 그 나무들도 처음 심어질 때는 여린 가지와 가는 줄기였을 것이다. 해가 지나면서 땅속 깊이 뿌리가 자라고 둥치도 굵어지고 가지도 많아져 풍성하게 꽃을 피우게 되었으리라.

시월을 코앞에 둔 일 년 전, 근처에 볼일이 있어 그 길을 지나가던 중이었다. 봄에 꽃구경을 하던 생각이 나서 나무들을 바라보았다. 나무들은 벌써 잎이 다 지고 앙상한 가지만 뻗어 있었다.

그중에 한 그루가 꽃을 매달고 있었다. 간혹 개나리나 철쭉 같은 나무들이 가을에도 꽃을 피운다. 벚꽃도 마찬가지이다. 추워지는 계절을 앞두고 피는 꽃들은 가지 끝에 한두 송이가 빈약하게 매달려 있어 처량해 보인다.

하지만 그 나무는 봄처럼 가지마다 환하게 꽃을 피우고 있었다. 신기한 마음에 나무 밑에 서서 한참을 바라보았다. 사진도 몇 장 찍었다. 내가 나무를 바라보고 서 있자 지나가던 행인도 나무를 보았다. 그도 신기한지 멈추어 서서 사진을 찍었다.

가을에 꽃을 피운 벚나무를 보고 있자니 여러 가지 생각이 들었다. 철 모르는 나무라는 생각이 들었다. 봄꽃이면 봄에 펴야지 싶었다.

지난봄에 나무에게 혹시 나쁜 일이 있었던 게 아닐까

하는 생각이 들었다. 봄이나 여름에 병충해가 심해 벌레에게 잎을 다 갉아 먹힌 나무들이 늦게라도 새로 잎을 내보내는 것을 본 적이 있다. 저 나무도 지난 계절에 벌레들에게 심한 고생을 당하다 가을바람 부는 지금이라도 다시 꽃을 피우는가 싶었다.

겨울이 오기 전에 꼭 꽃을 피우는 일부터 다시 시작해 보겠다는 나무의 마음일 수 있겠다. 그렇다면 그 마음이 대단하다. 이제 곧 겨울이라도 포기하지 않고 다시 시작하는 나무의 마음.

11월 채송화 피는 늦가을

몇 년 전, 이미 겨울의 기운이 느껴지는 11월 하순에 새끼손가락 길이만큼 짧게 자란 채송화에서 꽃이 핀 것을 본 적이 있다. 꽃은 엄지손톱보다 작았다. 그 꽃을 보면서 너무 늦게 피어서 나비가 없어 씨앗이 맺히지 않겠다고 하자, 옆에 있던 딸아이가 그래도 식물은 꽃을 피운다고 그랬다.

딸의 설명에 의하면 환경이 척박할수록 꽃을 피우고자 하는 식물의 의지가 더욱 높아진단다. 꽃이 피어야만 열매를 맺을 확률이 생기니까 꽃부터 피우는 것이 당연하단다. 꽃 없이 열매를 맺는 나무는 없다. 꽃 없는 열매로 유명한 무화과도 알고 보면 속꽃을 피워 열매를 맺는다.

꽃이 피는 것은 사람으로 따지자면 꿈을 꾸는 마음이고 꿈을 이루고자 하는 마음이다. 사는 일은 내가 원하는 적당한 때에 맞추어 꽃을 피우기가 힘들다. 하지만 꿈을 이뤄보겠다는 마음을 포기하지 않고 간직한 사람들은 결국 꽃처럼 피어난다. 늦게라도 피고 싶은 꽃 같은 꿈을 애쓰면서 한 송이 한 송이 피워냈을 그 정성을 응원하게 된다.

발바닥이 간지럽다

십일월 오후
새끼손가락보다 짧은 줄기 끝에
채송화꽃 달렸다

꽃은 한여름에 핀 것과 다름없이
당당하게 붉다

이제 피어서 어쩌려고
열매를 맺지 못할 수도 있어

한숨 쉬며 돌아서는 내게
꽃잎 속, 노란 꽃술이 쯧 혀를 찬다
– 그건 내일의 일이야 대저 뿌리 없는 것들은 순리를 모르네

식은 햇살 한 가닥 내 발등에 앉는다
찌르르 발바닥이 간지럽다
꿈틀, 뿌리가 돋는다

주고받으 새우

새우가 생겼다. 국내산 생새우다. 새우를 좋아하는 애인이 생각난다. 애인을 집으로 초대한다. 싱크대에 서서 하염없이 새우를 깐다. 왼손에 새우를 들고 젓가락보다 가느다란 쇠꼬챙이를 새우 살과 껍데기 사이에 넣고 틈을 낸 후 껍데기를 벗겨낸다. 살이 떨어져 나가지 않게 꼬리 껍데기를 살살 돌려 뺀다. 기다란 수염을 제거한다. 배 부분에 붙은 다리를 떼어내면서 머리를 제거한다. 이 과정을 서른 번 넘게 반복했다. 손끝을 살짝 찔려서 따끔거린다. 손가락 끝 피부가 물에 불어 쭈글쭈글하다. 애인을 먹일 생각에 하나도 힘들지가 않다.

그사이 애인에게서 카톡이 와 있다. '좀 늦어요. 세 시가 넘어요.' 지난번에도 늦더니 또 늦는다고? 원래 두 시쯤 온다 했다. 그래서 나는 한 시부터 새우를 다듬었다. 오면 바로 마늘 향과 새우 맛이 어우러진 파스타를 해주려고 준비 중이었다. 오자마자 바로 요리를 시작하려고 면 삶을 물도 끓이고 있었다. 한 시간이나 늦다니, 순간 맥이 풀린다. 허기가 몰려온다. 쓸쓸함 비슷한 씁쓸함도 몰려온다. 식탁 의자에 앉아 천천히 오라는 답장을 보낸다. 아무렇지도 않은 척을 하지만 마음이 뾰족해진다.

이러지 말자. 식탁에서 벌떡 일어나면서 다짐하듯 외친다. 허기가 없어지면 뾰족함이 누그러질 수도 있다. 나 먼저 먹자. 그렇게 1인분을 먼저 조리한다. 같이 먹고 싶은 마음을 꾸역꾸역 삼키면서 혼자 먹는다. 분홍색으로 잘 익은 새우가 달다. 그냥 달다. 손가락 굵기의 새우 살이 쫄깃쫄깃하다. 그냥 쫄깃쫄깃하다. 허기는 사라졌지만 애인과 함께 맛있는 점심을 먹으려던 기대도 사라졌다. 마음이 조금 더 뾰족해진다. 섭섭함이 스멀스멀 자란다.

지각쟁이 애인이 집에 들어서자마자 가방을 뒤져 통을 꺼낸다.

"미역국 끓여 왔어요. 생신날 해드리지 못하니 미리 해 왔어요. 맛있어요."

"어서 앉아. 배고프지? 난 먼저 먹었으니 너만 먹으면 돼."

미역국이 담긴 통을 받아 냉장고에 넣는다. 그냥 넣어 버린다. 원래 이런 일에는 반짝거리는 반응이 필요하다. 잘 부푼 설렘은 둥실둥실 떠오르는 풍선처럼 빵빵한 리액션이 저절로 나온다. 하지만 늦어진다는 문자에 부풀어 오르던 설렘이 뾰족한 섭섭함에 찔려 풍선에서 피식피식 바람이 빠지듯 쪼글쪼글한 반응이 나와버렸다. 시무룩한 나의 마음을 겨우 누른 채 밥을 먹이고 필요하다는 것을 챙겨주고 사는 곳까지 데려다주고 왔다. 여전히 뾰족한 내 마음이 자꾸 나를 찔러 어두운 거실에 한참 멍하니 서 있었다.

그게 이틀 전이다. 어제가 되어서야 미역국이 생각났

다. 냉장고에서 꺼내 다시 끓였다. 밥을 한 그릇 푸고 국을 한 대접 푸는데 고기와 미역 사이로 희끗한 무엇인가가 보인다. 덜 다져진 마늘인가 싶어 자세히 보니 새우다. 새우젓 크기의 새우다. 국을 뒤적거려 보니 꽤 여러 마리가 보인다. 미역국에 새우젓을 넣었다.

국에 든 새우 사진을 찍어 딸에게 보냈다. 새우젓을 넣은 게 맞단다. '새우젓은 짭짤하고 맛있잖아요.' 그런다. 갑자기 웃음이 터졌다. 딸이 엄마 생일이라고 처음 끓여준 미역국이 소고기와 새우젓이 들어간 미역국이라니. 이건 딸이 왔던 날 뚜껑을 열어 맛을 보면서 "어머, 너도 새우를 준비했네." 하면서 둘이 깔깔 웃었어야 했다. 그날 딸에게 뾰족했던 마음이 머쓱해진다. 딸아, 우리는 새우로 통했구나. 새우젓 미역국이 달다. 맛있어. 고마워.

태어날 때부터 내 애인이었던 딸이 주고 간 생일 카드를 꺼낸다. 카드 앞에 새 두 마리가 부리를 맞대고 있는 그림이 있다. 펼쳐서 다시 읽어본다.

생신 축하드려요, 엄마.

매년 돌아오는 생일이지만 매년 다르게 느껴지는 것은
시간이 지남에 따라 사람이 바뀌기 때문인 것 같아요.
2022년의 엄마는 글을 쓰고 직장에 다니고
글을 더 잘 쓰기 위해 학교에 다니고 계시네요.

엄마가 쓰는 글을 보면 엄마가 그동안 구태여 내지 않았던
엄마의 목소리가 들리는 것 같아요. 어느 때보다도 엄마
본인, 최희정처럼 살아가는 것 같아 좋았어요.
건강과 행복이 함께하는 한 해가 되기를 바라며.

2022. 9. 6.

버스 정류장에서, 어디로 갈까

작은 서점 안에는 이십여 명의 사람들이 앉아 있었다. 조금 늦은 나는 맨 뒷줄 빈 의자에 조용히 앉았다. 얼마 전에 신간을 낸 작가의 북토크 자리였다. 사람들 앞에는 한 여성이 테이블 앞에 앉아 있었고 테이블 위에는 그가 쓴 책이 여러 권 놓여 있었다.

진행자의 질문에 자신이 쓴 책에 대해 차분한 목소리로 설명을 하는 그는 단정하고 깔끔한 인상으로 사십 대 초반으로 보였다. 조금 긴 단발머리와 흰색 재킷이 잘 어울렸다. 처음에는 책에 대한 그의 이야기를 들었지만, 어느 틈에 그의 모습에 집중하는 나를 발견했다. 그리고 나도 모르게 십 년 전쯤의 나의 사십 대를 떠올리게 되었다.

그로부터 얼마 지나지 않아 지인의 북토크에 참석할 일이 생겼다. 『돌봄과 작업 2』라는 책으로 무려 열한 명이 공동으로 집필했다. '나만의 방식으로 엄마가 되기를 선택한 여자들'이라는 부제가 붙어 있는 이 책은 제목이 말해주듯이 아이를 키우면서 자기 직업을 가진 여성의 이야기다. 저자들의 이력은 중학교 영어 교사이면서 엄마, 소설가이면서 엄마, 만화가이면서 엄마, 방송 일을 하는 엄마 등등 다양하다. 자신만의 방식으로 엄마 되기를 선택한 저자들의 표정은 밝고 자신만만해 보였다. 그들의 모습을 보면서 얼마 전에 참석했던 북토크에서 그랬던 것처럼 십 년 전쯤의 내 사십 대를 떠올렸다.

갑자기 맥이 풀리면서 고개가 숙여졌다. 저절로 한숨이 나왔다. 책을 펼쳐 자신이 쓴 부분을 보여주며 활짝 웃는 모습이 부러웠다. 나는 나대로 나의 사십 대를 최선을 다했는데 이상하게도 아무것도 한 일이 없는 것 같아 기운이 빠졌다. 쉰 살이 지나서야 뭔가 해보겠다고 동동거리는 내 모습을 나도 모르게 그들과 비교하면서 자꾸 작아지는 기분이 들었다.

첫째 아이가 중학교 2학년에 올라갔을 때 둘째는 초등학교에 입학했다. 터울 많은 두 아이를 키우면서 공부방을 운영하는 일은 버거웠다. 남편의 직업상 육아는 온통 내 차지여서 내게 집중할 수 있는 시간이 거의 없었다. 내가 하고 싶은 일이 무엇인지 생각할 겨를이 없었다. 그때는 그게 최선인지 아닌지 생각조차 해보지 않고 하루하루를 보냈다. 다시 그때로 돌아간다고 해도 달리 선택할 대안은 생각나지 않는다.

북토크가 끝나고 버스 정류장에 한참을 서 있었다. 돌이켜 보면 내가 할 수 있는 최선을 다한 시간이었는데 왜 자꾸 마음이 허전한 걸까? 무엇이 마음을 흔드는 걸까? 그때, 정신없이 바쁘다고 나를 챙기지 못한 일이 후회스러운 걸까? 딱히 후회는 아니었다. 정확한 이유를 알 수 없었다.

초록색 버스가 한 대 내 앞에 와서 멈추었다. 내가 타지 않자 버스는 다시 출발했다. 먼지가 이리저리 흩날리며 눈앞을 가로막았다. 멍하니 서서 집으로 가는 버스 몇 대를 그냥 보냈다. 먼지 속에 축축함이 스며 있어 숨을 쉬기가 답답했다. 가느다란 빗방울이 떨어지기 시작했다. 멀리서 오는 버스의 번호가 뿌옇게 흐려지며 잘 보이지 않았다. 가방 속에는 분명 우산이 있었지만, 우산이 없는 사람처럼 점점 어둠이 깊어져 가는 정류장에 우두커니 서 있었다. 마치 반짝이는 새 동전을 잃어버린 어린아이처럼 서성이는 내 마음을 보면서.

오늘 애인은 벌꿀이다

"요즘 마음이 슬퍼."

"왜?"

"몰라. 자꾸 멍하고 울컥하고 그래."

애인과 동네 쌀국수 식당에 가서 뜨거운 국수를 한 그릇씩 먹고 커피를 한 잔씩 들고 산책을 하다가 나도 모르게 말이 나왔다. 정확하게 말하자면 애인에게 한 말이 아니었다. 내가 나에게 한 말이었다.

"요즘 공부가 힘들어?"

애인이 이렇게 말하면서 바짝 다가와 내 어깨에 쓰윽 손을 얹는다. 가볍게 토닥토닥 두드려 준다. 푸하하하 웃음이 났다. 젖은 마음의 물기가 살짝 빠진다. 어쩌면 이 애인 말이 맞을 수도 있다.

"그래도 응원해 주는 사람들이 있잖아. 가끔 얘기하는, 글을 쓰도록 이끌어주신 그분이랑, 글이 좋다고 언제 무엇을 물어보건 맞춤법을 알려주신다는 교정 전문가라는 분이랑, 그리고 지난주에 시를 칭찬했다는 교수님도 있잖아. 교수님이 어떤 분이셔, 응? 시인이시라며? 계속 학생들을 가르치신 분이라며? 그런 분이 칭찬을, 그것도 나도 아는, 교과서에 나오는 그 유명한 시인이랑 비교해서 칭찬해 주신 거면 대단한 거야. 얼마 전에 전화 통화하는 거 들어보니 일대일로 질문에 답을 해주는 사람도 있는 거 같던데?"

아, 생각해 보니 애인 말이 맞다. 그래도 괜히 속이 허하다고 계속 투덜거렸다. 고이는 것 없이 다 사라지고 흘러가 버리는 것 같다고 울먹였다. 그런 기분이 드는 것은 당연하단다. 아직은 시간을 쌓는 단계이니 더 꾸준히 하는 수밖에 없단다. 내가 이 애인에게 수시로 해주었던 말을 다시 내게 들려준다.

스물세 살 젊은 애인은 자신의 큰 키를 이용해 내 머리를 쓰다듬는다. 나보다 키가 커진 후 가끔 이런 장난을 치는데 오늘 또 그런다. 허허, 뭔가 좀 거꾸로 돌아가는 기분이다. 진자리 마른자리 갈아주며 먹이고 입히고 키워놨더니, 이제 나보다 키가 커졌다고 나를 달래준다. 나를 보고 씨익 웃으며 엄지척을 날리는 녀석의 다른 손에는 내가 사준 비싸고 달콤한 커피가 들려 있다. 역시 잘 먹여야 꿀 같은 말이 나오나 보다.

말의 달콤함에 발걸음이 꼿꼿해진다. 갑자기 진한 꽃향기가 물큰 코끝으로 다가온다. 숨쉬기가 편해진다. 고개를 들어보니 벌들이 꽃에서 꽃으로 옮겨 다니며 잉잉거린다. 산수유에서 홍매로, 홍매에서 앵두꽃으로 바쁘다. 나도 집에 빨리 가서 뭐라도 해야지. 내 발걸음도 붕붕 바빠진다.

어른의 마음을 가진 누군가가 함께

당신도 나도 힘들 때는 아이처럼 마음이 작아져요
그럴 때는 힘들다고 말하세요 무섭다고 울어도 돼요
분명 어른의 마음을 가진 누군가가 손 내밀어 줄 테니까요
같이 도망가 주겠다고

결국. 퇴사를. 했다.

새로 시작한 일을 삼 개월 만에 그만두어 버렸다. 나름 깊게 생각하고 결정한 곳이어서 사직서를 낼 때 마음이 무척 복잡했다. 힘들어도 참고 1년은 견뎌야 하지 않을까 매일 고민했다. 하루 열두 번도 더 고민했다. 내게 호

의적인 동료들의 조언도 있었다. 처음엔 자신들도 상처 받고 힘들었는데 서로 익숙해지니 괜찮아졌단다. 6개월 정도 지나니 그럭저럭 관계로 인한 스트레스가 많이 줄었다는 말도 해주었다. 6개월을 참을 수 있을까? 오만가지 생각이 머리를 괴롭혔다.

같이 일하는 사람들의 태도에 숨이 막혔다. 실수하지 않고 잘하나 두고 보자는 식의 눈길에 점점 주눅이 드는 내가 보였다. 언제 튀어나올지 모르는 적대적인 말투에 당황하는 내 얼굴이 보였다. 우리 병원의 아침 식사 시간은 몇 시냐고 묻는 나의 질문에 그것도 모르냐는 상급자의 어이없는 답변에 멍청이가 되어 서 있는 내 모습이 보였다. 볼펜으로 종이를 탁탁 내리치면서 실수를 지적할 때는 모멸감이 느껴졌다. 일을 잘하는 동료가 예민해진 환자에 대해, 성격이 저러니까 저런 병에 걸린 거라는 비난을 할 때는 심장이 쿵 내려앉는 기분이었다. 싸늘한 표정으로 그 말을 내뱉던 동료의 얼굴은 지금도 잊히지 않는다. 생각하면 등골이 오싹해진다.

몇 날 며칠을 그 동료는 왜 내게 그런 말을 했을까를 생각해 보았다. 처음에는 '왜'에 초점을 맞추고 생각했다. 답을 찾지 못했다. 다시 '내게'에 초점을 맞추고 생각했다. 답을 알 수 있었다. 그녀는 내가 그런 말을 들어도 되는 상대라고 생각했기에 그 말을 한 것이었다. 결코 누구에게나 그러지 않는다. 그래도 될만한 만만한 상대에게만 그런다. 병원장에게, 혹은 간호부장에게는 못 하는 말이다. 보호자에게는 감히 할 수 없는 말이고. 그런데 내게는 했다. 씹어뱉듯이 차갑게. 나는 아직 한 달도 안 된 신출내기니까, 무시해도 되는 사람이니까. 쓰레기통에 씹던 껌을 뱉듯, 쓰레기를 던지듯 환자에 대한 악담을 내게 던져버린 것이다.

그녀를 볼 때마다 그 말이 생각났다. 머릿속에 지워지지 않는 얼룩으로 남아버렸다. 그렇게 말하면 안 된다고 하지 못한 나도 그녀처럼 환자에게 무례한 사람인 기분이 들었다. 더 심한 쓰레기 같은 말을 듣게 될까 봐 긴장이 커졌다. 점점 생각이 많아졌다. 머리가 멍해졌다. 극심한 스트레스로 판단 장애가 올 정도였다.

'퇴사'라는 선택을 하는 것도, 나쁜 상황에서 나를 구출하는 것도 용기가 필요했다. 만약 내가 이십 대 초반이라서 삶의 경험이 적었다면, 내게 문제가 있는 것이 아닐까 전전긍긍했으리라. 힘든 상황을 꾹 누르고 오래 참으면서, 참는 일에 힘을 쏟다가 용기의 크기는 점점 작아지고, 막상 필요할 때 쓸 수 없을 만큼 작아지는 상태에 빠졌을 것이다. 다행히 용기가 사라지기 전에 나는 나를 소진하는 상황에서 벗어날 수 있었다.

그만둘 때 윗사람이 그랬다. 내가 좀 더 강해져야 할 것 같다고. 사회생활 하다 보면 별별 일 다 겪는다고. 나는 그냥 웃고 말았다. 그때 하지 않았던 말을 지금 해본다.

"내가 강해졌기에, 나를 나쁜 상황에서 구출하는 겁니다. 나 자신을 보호하려고요."

그렇게 나는 무너져 가는 나를 데리고 그곳에서 도망쳤다. 벗어났다. 선우정아의 〈도망가자〉라는 노래처럼.

> 어디든 가야 할 것만 같아
> 넌 금방이라도 울 것 같아

괜찮아
우리 가자
걱정은 잠시 내려놓고

퇴사하면서 극도의 스트레스로 생겼던 불면이 사라졌다. 사라졌다. 사라졌다. 매일 밤 꿀잠이다. 하지만 계획에 없던 백수, 아니 백조가 되고 나니 경기에서 진 것처럼 기분이 찜찜하다. 친구나 지인들에게 석 달 만에 그만뒀다고 말하기도 민망하고.

며칠을 집순이로 뒹굴뒹굴하면서 이불이랑 김밥 놀이를 하는데 애인이 나오란다. 요양병원에서 호스피스 센터로 직장을 옮길 때 밥을 사주며 격려해 주었던 사람이다. 마음의 준비를 한다. 왜 석 달 만에 그만뒀냐고 물어보면 대답할 말들을 준비한다. 시나리오를 만든다.

어라, 안 물어본다. 차를 가지고 나오라더니 짐 좀 옮겨 달란다. 에혀, 그러면 그렇지. 내 일에 나만큼 관심이 있겠냐. 애인은 차를 타자마자 차가 왜 이렇게 덥냐, 에어컨 좀 빵빵하게 틀어봐라 등등 조용하고 상냥한 목소리로 투덜거린다. 이 애인에게 배울 점은 이거다. 조용하고 상냥한 투덜거림. 약 오르는 건 마찬가지지만 큰 목소리로 우억우억 떠드는 것보다는 낫다. 목적지에 도착해 짐 찾으러 간다고 내리면서 봉투 하나를 툭 던져준다.

"이거 선물이야, 커피 서른 잔은 마실 수 있을걸."

쪽지도 있다.

'마음고생이 심한 줄 몰랐어. 고생했지만 그래도 좋은 경험이라 생각하고, 쉬는 동안에 커피 마시며 마음 다독거리고 새 일을 찾기를.'

몇 줄 안 되는 글을 읽는 순간 눈물이 주르륵 흘렀다. 아무래도 난 힘들 때보다 힘든 것을 알아주는 사람을 만났을 때 눈물이 나는 것 같다. 내 서러운 마음을 알아주는 순간, 눈이 젖는다. 고맙고 고마운 마음에 와락 끌어안고 뽀뽀를 해주고 싶지만 그건 아무래도 애인 한 명을 잃는 행동일 것 같아 참았다.

III

어쩌면 한 마리 날치처럼

갑자기 왜 이러냐고요?

지금, 여기 살아 있으니까요.

살아가야 하니까요.

자, 지금부터 나는 금빛 날치랍니다.

「날아라, 날치!」에서

어떤 사랑 고백

지금 나는 당신과의 첫 만남을 떠올리는 중이야. 아주 강렬했지. 볼 터치까지 한 완벽한 화장과 인조 속눈썹을 붙인 눈, 잔뜩 부풀려서 잘 손질한 머리, 나긋나긋한 손가락, 해사한 눈웃음. 고백하자면 그런 사람을 눈앞에서 가까이 보는 것은 그때가 처음이었어.

나는 한숨이 절로 나왔어. '저 모습으로 요양병원에서 간호조무사로 야간 근무를 한다고? 아, 난 망했다. 어라, 혈당 측정기를 어떻게 다루는지조차 모르잖아. 뭐? 근육 주사 한번 놓아본 적이 없다고? 아이고, 수액의 종류조차 모르잖아. 저 사람에게 일을 맡길 수가 없으니 내가 그 일까지 다 해야 하는 거잖아. 도대체 병원은 어쩌자고 저런 사람을 뽑은 거야?' 이렇게 생각하지 않을 수 없었지.

그러니 당신에게 건네는 내 말투는 딱딱했고 시선은 차가웠지. 행동 하나하나를 지켜보면서 실수할까 봐 조마조마했고, 모르는 일들은 기본 원리부터 가르치려고 빡빡하게 굴었어. 그때의 내 모습에 대해 당신은 당신대로 '저렇게 바늘 하나 들어가지 않을 인간을 만나다니 망했구나.'라고 생각했다며? 하하.

내가 당신에게 마음을 열게 된 것은 사람들을 대하는 당신의 태도 때문이었어. 새벽에 병실을 돌면서 혈압을 재고 혈당을 재는 일을 하는 바쁜 와중에도 노인 환자들에게 웃으면서 아침 인사를 건네고 간병사들에게도 친근하게 말을 주고받았지. 어느 때는 거의 수다 수준이라서 바쁜 새벽에 일이 더디게 진행되어서 내 속을 터지게 했지만, 사람들은 당신이 오는 아침을 기다리고 반가워했지.

마음을 완전히 열게 된 계기는 따로 있어. 어느 날 밤 임종을 앞둔 분이 있었지. 그런 날은 더 긴장되고 곤두서기 마련이라 나는 더 예민해져 있었어. 보호자들이 도착하고 의사의 사망 선고가 있고 장례식장으로 모시기 전에 몇 가지 절차가 남아 있는 상황이었지. 파트너인 당신의 도움을 거의 받지 못하고 동동거리면서 혼자 일을 마무리하고 있는데 당신이 보이지 않는 거야. 짜증이 확 치밀었지. 어디 갔나 찾아보니 당신은 돌아가신 분 옆에 있더라고.

"장례식장에서 사람들이 오기 전에 몸을 반듯하게 펴드려야 해요. 금방 굳어버려요."

보통 요양병원에 오래 입원하신 분들은 관절과 근육이 굳어 팔다리가 오그라드는데 당신은 이미 환자의 팔다리를 모두 반듯하게 펴고 자손들 시켜 눈도 감겨드리게 하고 홑이불도 판판하게 잘 덮어주고 있었어. 그때까지만 해도 나는 시신에 대한 두려움이 있던 때였는데 당신은 나와 달리 산 사람을 대하듯 정성을 다해 죽은 자를 돌보고 있는 거야. 그때 병원에서 마무리해야 할

절차만 신경 쓰고 있던 내 머릿속에서 디잉 큰 종소리가 울렸어.

그 후로 나는 당신을 달리 보기 시작했지. 여전히 일은 서툴고, 그래서 나는 여전히 신경이 곤두서곤 했지만. 같이 일을 하는 날이면 마음이 편했어. 가끔 달콤한 빵을 가져와서 내 마음을 녹인 것도 한몫하긴 했지만 내가 뭐 단지 빵 몇 조각 때문에 당신이 좋아진 것은 아니야.

오래 같이 일하고 싶다고 생각할 무렵, 당신은 새로운 일자리를 찾아 떠났지. 일을 다 가르쳐놓으니 다른 직장을 찾아 가버린다고 야속한 마음도 들었던 건 사실이야. 하지만 끝이 아니라는 생각이 들었지. 우리의 관계는 우정으로 피어나기 시작했어. 직장 동료에서 밥을 같이 먹고 술을 같이 마시는 친구 사이가 된 거지. 당신과 함께 술을 마시면서 음주를 배우고, 엘피 바 〈레너드〉에서 같이 음악을 들으면서 유흥을 익히게 되었지. 속마음 터놓고 같이 울고 농담으로 같이 웃어줄 친구 하나 없이 달팽이처럼 20여 년을 전전긍긍하며 숨막히게 살아온 내게 같이 놀 수 있는 친구가 생긴 거야.

당신이 사람들과 잘 어울리고 잘 지낸다고 천진난만하다고는 생각하지 않았어. 사는 일에 어려움이 없을 거라고도 여기지 않았고. 오히려 이미 많은 걱정의 강을 건넌, 나보다 몇 수 위 고수 같아 보였지. 마음의 팔마다 근심거리를 붙잡고 앉아 안절부절못하던 내가 당신 덕분에 두려움 몇 개는 살짝 내려놓고 지금, 이 순간을 즐기는 법을 알게 되었어. 비워야 새로운 것이 들어온다는 것을 알게 된 거지.

버드와이저 두 병으로 거나하게 취했던 지난밤, 집으로 돌아오는 길에 우리들의 지난 시간을 돌아보았어. 이제는 같이 밥 먹으면서 고상과 천박 사이의 백 가지 장르를 넘나드는 농담을 주고받으며 깔깔 웃는 사이가 되었지. 같이 울컥하고 같이 눈물을 흘리기도 하지만 결국은 블랙 코미디 같은 농담으로 마지막을 장식하는 친구가 된 거야.

병원 출근 첫날, 당신의 기다란 인조 속눈썹 말이야, 지금 생각해 보니 그것은 당신의 슬픔이 눈으로 내려앉지 못하게 하는 처마였나 봐. 어제는 처마가 없더라. 그래서 그랬는지 당신의 눈에서 누수가 심하더라고. 얼른 지붕 보수공사를 해서 더 길고 멋지게 휘어 올라가는 처마를 매달아 봐.

이제는 무엇을 해도 외롭지 않을 수 없는 나이가 된 것 같아. 기쁨을 온전하게 기쁨으로 맛보는 천진난만한 시절은 지났지. 달콤해서 사탕이 좋았을 때는 가버렸지. 뜨겁게 녹아 솜사탕처럼 엉키는 것, 혀끝의 달콤함 뒤에 손끝의 찐득함으로 남는 그것이 사랑이라는 것을 우린 알지.

물기 척척한 장마도 지났으니 서러운 일은 잊읍시다. 다 잊으면 눈물도 안 나와요. 비록 파릇파릇한 청춘도 지나고 울울창창하게 뻗어가고 싶은 나이도 지났지만, 우리 아직 초록이 무성한 숲이잖아. 우리는 이제 어떻게 파릇하게 돋을 수 있는지, 어떻게 울창할 수 있는지 다 알잖아. 그러니 젖은 눈을 닦고 숲을 잘 가꾸어봅시다. 가시덩굴은 쳐내고 잡초는 베어버리면서.

잊지 못하겠으면 거기 두고 앞으로 걸읍시다. 젖은 곳

에 오래 서 있으면 펄에 빠지듯 지나간 시간에 발목이 잡히니까, 혼자 걷기 힘들면 말해요. 내가 같이 걸어줄 테니까. 걷다 보면 담담하게 돌아볼 수 있는 때가 올 테니까.

화양연화, 화양연화

귀를 나뭇잎처럼 눕힌다
빗소리 걸어 들어온다
자박자박 가만가만
귀가 나뭇잎처럼 젖는다

기억의 웅덩이에 동그라미 퍼진다
시간이 무늬가 된다 비의 지문指紋이다

물빛 화양연화

자려고 누워서 멀리 제주에서 전화를 걸어온 사람을 생각하고 있었다. 비가 내리기 시작한다. 빗방울이 어둠을 두드린다. 희뿌연 새벽에 눈을 떴을 때도 여전히 소리가 들린다. 여기 육지는 비가 오고 있으니 우산을 준비해서 오라고 문자를 보낸다.

공항 주차장에 차를 대어놓고 기다린다. 근처 작은 웅덩이에 동그라미들이 생겼다가 사라지는 것이 보인다. 눈에 보이지 않는 빗방울이 물을 건드리나 보다. 크고 작은 원들이 파동을 만들며 퍼져나간다. 물 위에는 나뭇잎 몇 개 떠 있다. 물이 만들어내는 물결에 닿을 때마다 제자리에서 움찔거린다. 출렁거린다. 하지만 물을 따라 흘러가 버리지는 않는다.

애인을 잃고 섬으로 떠났던 그녀가 왔다. 돌아온 것이 아니라 다니러 왔다. 헐렁한 배낭을 메고 화장기 없는 얼굴에 모자를 눌러쓰고 있다.

"벌써 일 년이 지났구나."
"그래, 그렇더라고."
"거기가 어디야? 파주지?"
"아냐, 일산이야."

"주소 여기 맞아?"
"응…. "
"근데 우리, 밥은 뭐 먹을까?"
"이런 날은 낮술을 해야지."
"그렇긴 해. 큭."

나는 밥 먹으러 바다 건너 여기까지 왔냐는 말은 하지 않았다. 야근을 마치고 부랴부랴 공항으로 달려가 비행기를 탔겠지. 그러느라고 아침은 먹지 못했을 거다. 정신이 온통 일 년 전에 돌아올 수 없는 곳으로 가버린 사람을 만날 생각에 점심인데도 제 배 속은 챙기지도 않았겠지.

비 오는 공원은 한적하다. 수없이 많은 단지가 벽마다 빼곡하게 들어차 있다. 산 사람들이 와서 죽은 자의 이름이 적힌 항아리 곁에 사진을 놓고 편지를 두고 갔다. 성경책이나 묵주를 둔 곳도 있다. 유리문에 꽃을 붙여 놓기도 했다. 그가 있는 곳은 낮고 조용했다. 달의 뒷면으로 떠난 그녀의 그를 생각한다.

"나는요, 꿈이 하나 있어요. 돈을 많이 모아 달 여행을 할 거예요. 지구에서 우리가 보는 달은 항상 같은 면이거든요. 이 행성에서는 뒷면은 볼 수 없어요. 달의 뒷면을 보러 가려고요."

두지리 매운탕 식당에서 그는 반찬 접시 두 개를 양손에 하나씩 들고 지구와 달의 자전과 공전을 설명했다. 나는 하얀 플라스틱 접시가 우주에서 빙글빙글 도는 것을 상상했다. 그의 애인은 이런 이야기는 관심 없다는 표정으로 냄비 속에서 끓고 있는 생선 살을 발라 먹고, 수제비를 건져 먹고 있다. 그녀는 애인이 옆에 있어 그저 행복한 얼굴이었다.

그는 계획보다 너무 일찍 달 여행을 떠나버렸다. 매운탕을 먹으러 갈 때, 애인 없는 내가 운전을 해주길 잘했다는 생각을 지금에서야 한다. 오늘도 내가 운전을 해줄 수 있어서 좋다. 비가 추적추적 계속 내린다. 나는 그녀의 집 방향으로 핸들을 튼다. 그녀는 몰랐지만 고의였다.

왕대폿집에 가서 오징어회와 감자전을 시킨다. 서빙

로봇이 뚝배기에서 펄펄 끓는 콩나물국과 소주를 가져다준다. 껍질을 벗겨 가늘게 썬 오징어와 노릇하게 잘 구워진 감자전도 가져온다. 콩나물국과 소주를 탁자로 옮긴다. 오징어가 담긴 접시도 옮긴다. 감자전이 담긴 커다란 접시를 옮겨준다. 두둑, 술병 뚜껑을 열고 유리잔에 소주를 따른다. 그때 그가 자리에서 일어나 했던 일들이다. 오늘은 내가 안주 접시를 옮기고 그녀가 내 잔에 술을 채워준다. 술잔에서는 술이 출렁거리고 그녀의 눈에서는 눈물이 출렁거린다. 나는 술이나 마신다.

그녀가 느닷없이 내 흉을 본다. 바늘로 찔러도 피 한 방울 안 나게 생긴 첫인상이 무서웠다고. 나는 당신 첫인상도 만만치 않았다고 받아친다. 처음 만난 날 내가 했던 말과 표정을 흉내 내면서 낄낄거린다. 나도 일은 하나도 할 줄 모르면서 머리는 부풀리고 속눈썹까지 붙이고 온 당신을 보고 한숨이 절로 나왔다고 되받아친다. 갑자기 내게 사랑 고백을 한다. 겪어보니 속이 따뜻한 사람이었단다. 나도 고백을 한다. 당신이 환자들과 간병사들을 대하는 태도에 반했다고.

소주 서너 잔이면 세상이 핑그르르 도는데 오늘은 이상하게 취하지 않는다. 아무래도 그녀를 끌고 이차를 가야겠다. 그래, 거기로 가자. 그때, 그녀와 그녀의 애인이 자주 가던, 음악이 쿵쾅쿵쾅 심장을 울리게 하던 그곳. 오랜만에 나도 거기 가보고 싶다며 엘피 바 〈레너드〉로 향한다. 달사내와 이별 후 그녀가 더는 그곳에 가지 않았다는 것을 안다. 가지 못했겠지. 갈 수가 없었겠지. 그러니 오늘 내가 끌고 가야지.

일 년 만에 갔지만 사장님은 그녀가 좋아하는 노래를 기억하고 있다. 음악이 나오자 그녀가 고개를 푹 숙인다. 그녀의 애인이 좋아했던 음악을 틀어준다. 그녀는 두 손으로 얼굴을 가린다. 나는 종이쪽지에 신청곡을 적는다. 그녀와 그녀의 애인과 나, 세 사람의 추억이 있는 노래다. 〈촛불잔치〉라는 곡. 그때 우리는 '촛불잔치를 벌려보자'라는 후렴을 함께 부르면서 흥겨웠는데, 그녀가 어깨를 흔들며 까르르르 웃었는데 오늘은 어깨를 떨며 운다. 그녀를 울게 하려고 여기 데려왔다. 나는 울지 않으려고 했지만.

온종일 비가 내리다 그치고 내리다 그친다. 오랜만에 만난 그녀와 나는 웃다가 울다가 웃다가 울다가 웃으며 헤어졌다. 집에 돌아와 눕는다. 그쳤던 비가 다시 내리나 보다. 창밖에서 빗소리가 들어온다. 오늘 밤, 그녀는 물웅덩이의 나뭇잎처럼 빗물 위에서 출렁이고 있겠다.

달빛 화양연화

"그때가 내 인생의 화양연화였던 것 같아."

당신의 이 말을 듣고 난 의아했지. 달사내와 당신은 만나서 밥이나 먹고 호수 공원이나 같이 걸었던 게 전부였잖아. 가끔 같이 술도 마시고 음악도 즐기고 했지만 그건 뭐 친구 사이에도 할 수 있는 일이었고. 옆에서 보기에는 연애라고 하기엔 너무 맹숭맹숭하고 심심했거든.

'화양연화'라고 하면 흔히 꽃 시절을 얘기하잖아. 햇살 눈부신 봄날 생생한 물기 머금은 꽃이 피는 그런 때. 당신이 말하는 '그때'는 꽃 시절이 아니었지. 그저 하루하루를 같이하는 따뜻함이었지.

사람이 사람에게 건네는 따뜻함이란 거. 그건 삶의 그늘을 녹지근 덥혀주는 거지. 인생의 쓸쓸한 틈을 사르르 메워주고. 놀이동산의 불꽃놀이처럼 화려하지는 않아도, 그 따뜻함에 기대 한 시절을 잘 건넜다면 그건 봄날이 맞아. 꽃 시절이라는 당신 말이 맞네.

어제는 보름달이 밝더라. 달의 뒷면을 여행해 보고 싶다던 당신의 그 사람이 생각났어. 지구를 떠난 그는 달에 도착했을 거야. 가보고 싶다던 달의 뒷면에서 기지국을 만들고 있을지도 몰라. 아직 지구에 발을 딛고 있는 우리가 볼 수 없는 거기에서 높게 안테나를 세우고 당신에게 신호를 보내려고. 그 신호는 조만간 당신에게 닿을 거야.

달이 둥근 밤이거나 여윈 밤이거나, 아예 빛을 감추고 모습을 감춘 밤에도 달은 항상 지구를 보고 있거든. 그는 분명 그 사실을 알고 있을 테고. 그러니 그때 겨울과 봄 그리고 여름과 가을 당신과 함께했던 따뜻함의 씨앗을 달의 뒷면에 심고 있을 거야.

그는 씨앗이 잘 자랄 수 있도록 매일 보살필 거야. 여기 지구에서 당신을 매일 보살폈던 것처럼. 씨앗에서 뿌리가 나고 싹이 트면 쓰러지지 않게 버팀목을 세워줄 거야. 여기에서 지친 당신이 쓰러지지 않게 잡고 있었던 것처럼. 잎이 마르지 않게 물도 먹이겠지. 그때 당신에게 밥을 먹였던 것처럼.

그리고 꽃이 피면 꽃 옆에서 항상 지켜보고 있을 거야. 당신 곁에서 당신을 지켜보고 지켜주었던 것처럼 그렇게. 그때의 따뜻함이 다시 달에서 꽃으로 피어날 때 달의 뒷면도 환하게 밝아지겠지. 당신은 볼 수 없겠지만 그는 높게 세운 안테나를 통해 당신에게 소식을 보낼 거야.

저녁 바람이 노을로 붉어질 때 문득 그가 생각난다면, 만둣국 한 그릇에, 소주 몇 잔에, 음악 몇 자락에 그가 보고 싶다면 그건 달의 뒷면에서 온 그의 소식일 거야. 거기서 따뜻하게 잘 지낸다고, 당신도 여기서 따뜻하게 잘 지내라는 안부일 거야, 아마도.

오늘은 내 차례야

그걸 어디에 뒀더라 여긴가… 아니네… 여긴 없네
책상 위였나… 책들 밑에 깔렸나… 안 보이네
도대체 어디에 있는 거야
흐음… 혹시 저긴가 저 아래 칸일까

주저앉아, 무릎을 꿇고, 바닥에 손을 짚고
몸을 웅크리고 이를 악물고 으으으…
꽉 닫혀진 곳을 잡아당긴다

아, 왜 이렇게 안 열려!
열렸다 어어어 어엇
우루루와르르투다닥탕쾅
어어어어어 넌 나오지마, 눈물

“그래도 너는 그것을 글로 할 수 있잖아. 그걸 표현하는 네가 대단하다고 생각해.”

그날의 애인에게 이 말을 들었을 때 참담했다.

애인아, 나 그때 사람들을 만나고 밥 먹고 이야기하고 싶었어. 아슬아슬한 시간을 그렇게 건너가고 싶었어. 그런데 내게 ‘시간을 내주는 사람’이 없었지. 내게 눈길을 주는 사람이 없었지. 내 그림자가 점점 길어지고 짙어지고 어둠으로 변하는 것을 알아차리는 사람이 없었어. 내 주변 사람이 나를 알아채 주기를 바랐는데 각자는 각자의 사정으로 바쁘고 힘들었을 때였거든.

“나 힘들어.”라는 말을 할 틈이 없었지. 너에게도 마찬가지였어. 우리는 가까이 살고 자주 만나던 사이였지만 만나면 항상 너 힘든 이야기를 먼저 했잖아. 나는 그 이야기를 중단시키기 어려웠어. 내 속이야기를 하고 싶어서 먼저 만나자고 전화했던 날도 자리에 앉자마자 시작된 하소연을 듣느라 결국 내 이야기는 꺼내지 못하고 씁쓸하게 집에 돌아왔어. “오늘은 내 차례야!”라고 외치고 싶었지만 못 했어.

그러니 그냥 혼자 꾸역꾸역 참았어. 혼자이고 싶지 않은데 혼자였지. 무섭고 캄캄한 시간이었지. 그때의 나는 혼자 감당해야 했던 외로움을, 지금의 너는 공감해주는 사람들이 있어서 부럽다는 내 말에 저렇게 말할지 몰랐어. 그때 나 너무 힘들다고 말한 적이 있었나? 아무리 생각해 봐도 없네. 망설이다가 못 했고 하소연을 듣다가 못 했어. 내가 강해서 안 한 게 아니야. 말하지 못했던 그 시간이 다 지나고 이제야 말한 거야. 그때의 심정과 지금의 감정을. 원망도 비교도 아니야. 그것을 지금 말할 수밖에 없어서 말한 것뿐이야.

지나갔다고 생각한 시간이 다시 현재로 살아올 때가 있네. 억지로 밀어 넣고 자물쇠를 채워두었는데 시간은 내가 잊어버린 자물쇠의 비밀번호를 기억하고 있다가 어느 순간 찰칵 열어버려. 그러면 억지로 구겨 넣고 숨긴 것들이 다시 나타나 와르르 쏟아져. 정리되지 못하고 갇혀 있던 지나간 시간이 쏟아져 내리면서 더 시끄럽게 쿵쾅거려.

내가 너에게 부럽다고 말했던 순간은, 수직으로 쏟아져 내리는 나의 과거의 시간과 수평으로 직진하는 너의 현재 시간이 교차되는 그 지점이었어. 지금 힘들어하는 너를 연민하고 위로하면서, 위로받지 못했던 과거의 내가 보인 거야. 쏟아내지 못한 마음으로 출렁거리던 내가 갑작스럽게 툭 튀어나와 버렸지. 전혀 생각지 못했던 일이라서 며칠 동안 당황스러웠어. 그 혼란스러움을 혼자 속으로 감당하다 흘러넘쳐서 너에게 말한 거였지. 너의 힘듦을 들어주는 사람이 많아서 부럽다고. 나는 그때의 심정을 이제야 고백하는 나를 공감해 줄 거라 생각했지. 그런데 글로 나를 표현하는 것이 대단하다는 대답을 들으니, 마치 나는 위로가 필요 없는 사람으로 보였다는 말로 들렸어. 혼자 잘 해결하는 사람으로 보였다는 말 같아 쓸쓸해지더라.

아니야, 나도 그때 애인에게 기대고 싶었어. 네가 들어주길 바라고 있었어. 내 슬픔을 쏟아내고 싶었어. 나도 그럴 수 있어.

늙은 어미의 등에 손을 얹고

아들과 식사를 하고 집으로 돌아오기 위해 식당 주차장에서 차 시동을 켜는데 시동이 걸리다 말고 꺼졌다. 다시 켜자 한참 후에야 시동이 걸렸다. 곧바로 동네 카센터로 갔다. 사장님이 진단기를 돌려보더니 무슨 전달 플러그 장치가 오래되어서 그렇다고 하며 부품을 갈아 끼워주었다.

"좀 달리셔야겠는데요. 차가 너무 빽빽해요. 심한 건 아니니까 한 30분 정도 달려주면 괜찮아질 것 같아요."

생각해 보니 겨우내 집에서 10분 거리 일터만 왔다 갔다 했다. 이것도 날마다가 아니었다. 한 달로 따지면 보름 정도는 주차장에 세워져 있었다. 움직이는 때보다 서 있는 때가 많다 보니 차도 관절 마디마디가 뻑뻑해졌다.

어디로 가야 할까? 딱히 떠오르는 곳이 없다. 날도 많이 흐린 게 먼 길 떠날 날씨도 아니다. 그렇다고 그냥 집으로 오기는 찜찜하다. 그래, 엄마한테 가자. 겸사겸사 엄마 집으로 출발한다. 자유로 타고 김포대교 건너 개화산 밑에 있는 엄마 집. 겨우 30분도 안 걸리는데 설 지나고 한 번도 못 갔다. 전염병 폭증을 핑계 삼아 두 달 넘게 안부 전화만 했다.

“밥 먹었어? 고등어 구운 거 있는데 밥 먹어.”

얼굴도 안 보여주던 매정한 딸이 연락도 없이 불쑥 나타났는데 엄마는 마치 학교 갔다 온 어린 자식 보듯 밥부터 차려주려 한다. 그 밥을 받아먹는다. 같이 먹으라고 밀어주는 열무 물김치에서 당귀 향이 난다. 언니가 물김치를 담가 엄마랑 나에게 갖다줬는데, 바로 그 물김치에 엄마는 마당에서 자란 당귀를 꺾어다가 넣은 것이다. 큭, 웃음이 난다. 엄마 집에 온 게 실감 난다.

요즘은 밥을 직접 해서 드신단다. 겨울 되기 전에는 햇반을 드셨다. 요양보호사가 와서 반찬을 만들어주니 밥도 부탁하라 했지만, 자꾸 햇반이 맛이 좋다고 했다. 딸들은 원래 엄마는 이해할 수 없는 구석이 있다고 생각한다. 나도 딸이라서 엄마가 즉석밥 먹는 것을 더 참견하지 않았다. 오늘 엄마가 해준 밥을 먹어보니 약간 찰지고 된밥이다. 맞다, 울 엄마는 이런 밥을 좋아했었지. 즉석밥이 엄마가 지었던 밥과 식감이 비슷하다. 엄마는 진밥을 싫어하지. 요양보호사가 해주는 밥이 입맛에 안 맞아서 차라리 즉석밥을 드신 거구나. 작년보다 나이를 더 먹었는데도 나는 여전히 늦되다.

“마당에 꽃구경 가자.”

“날도 흐리고 바람도 풍풍 부는데 그냥 집에 계시지 뭘 나가셔.”

내가 숟가락을 내려놓고 설거지를 하자마자 엄마는 지팡이를 짚고 일어선다. 말은 저렇게 했지만 나도 겉옷을 입고 따라나선다. 뒤에서 엄마 걷는 뒤태를 본다. 허리가 조금 펴졌다. 무릎도 그렇네. 걸음도 조금 가벼워졌다. 밥심인지 꽃심인지 어쨌든 엄마의 허리와 무릎에 빳빳한 심지가 생겼다.

꽃밭이 작년보다 휑하다. 작년 여름에 두 달 병원 입원했다가 와 보니 없어진 게 많더란다. 겨울에도 혹시나 추위에 나갔다가 감기라도 걸리고 그게 코로나로 이어질까 봐, 꽁꽁 집에만 있고 마당에 나가지 않았더니 누가 파 간 꽃나무가 많단다. 예전 같으면 자식 잃어버린 것처럼 애통해하고 화도 냈을 텐데 "얘, 조기 있던 수국, 하늘색 그 큰 걸 누가 파 갔더라." 덤덤하게 말한다. 그 담담함을 듣는 나는 속이 일렁거린다.

"둥글레가 나란히 나란히 이쁘게 피었네."

"둥글레 아래 은방울꽃 핀 것도 봐라."

"아유, 명자꽃이 붉게도 피었네."

"그거 명자 아니야. 장수매야. 땅에 딱 붙어서 피지만 이쁘지."

"그럼 이게 명자꽃인가 봐. 엄청 붉은색이네."

"그건 홍천주(홍매)야. 아주 검붉은 색이지. 작년보다 꽃 많이 달렸어, 명자꽃은 저거."

내 눈은 엄마의 손끝을 따라다니느라 바쁘다. 꽃 이름 하나 제대로 모르는 나를 비웃으며 바람이 낄낄 분다. 꽃나무들도 터져 나오는 웃음을 참으면서 허리를 비튼다. 엄마는 신났다. 한 손으로 지팡이를 잡고 한 손으로 엄나무 순이며 방풍나물을 뜯어서 내 손에 쥐여준다. 한껏 구부러진 허리가 불안해 보인다. 혹시라도 엄마가 비틀거릴까 걱정이 된다. 얼른 잡아드릴 요량으로 엄마의 등에 손을 얹는다.

스르르 마음이 편해진다. 부드러워진다. 늙은 어미의

등에 손을 얹었을 뿐인데, 온몸 마디마디에 굳어 있던 빽빽함이 사라진다. '엄마….' 속으로 가만히 불러본다. 눈물 한 방울 뚝 떨어진다. 겨우내 마르고 따갑던 속이 촉촉해진다. 눈앞이 개운해진다.

엄마가 흰 철쭉 한 다발을 꺾어 내민다. 맑아진 눈 속에 얼룩 없이 하얀 꽃을 온전히 하얗게 담는다. 내 차가 출발할 때까지 엄마는 커다란 철쭉나무를 잡고 나를 배웅한다. 조수석과 운전석 사이 소지품을 넣는 곳에 철쭉꽃 몇 가지로 따라온 엄마가 나를 지켜보고 있다.

날아라, 날치!

우울은 그림자처럼 들러붙어 떨어지지 않고요, 걱정은 중력처럼 아래로 자꾸 잡아끌어 내리지요. 한숨은 강물처럼 영혼을 적시고 흘러내려 바다처럼 커지지요. 우울과 걱정과 한숨이 켜켜이 깊다고 넋 놓고 앉아 있을 수는 없죠. 살살 실실 빠져나갈 궁리를 해봐야죠.

왜냐고요? 지금 여기, 살아 있으니까요.

하루 한 시간 일부러 재미있는 일을 찾아보려고요. 재미있게 살아보려고요. 그것도 어려우면 삼십 분, 아니 십 분이라도 재미의 막대 사탕을 핥아보려고요. 재미

하나가 비늘 하나예요. 십 분 혹은 오 분의 작은 비늘 같은 재미들이 모이고 모여 우리 몸을 단단하게 감싸줄 거랍니다. 우울의 바다를 헤엄치기 쉽게요.

재미있는 일을 찾다 보면 명랑해져요. 명랑해지면 눈이 초롱초롱해지고요. 입꼬리가 살살 올라가면서 뭐 더 재미있는 일이 없나 궁리를 하게 되죠. 명랑은 지느러미예요. 도도한 등지느러미로 삶의 중심을 잡고요, 빳빳한 꼬리지느러미로 앞으로 나갈 수 있어요. 명랑함이 파닥거리는 가슴지느러미는 좌우 균형을 잡고, 방향을 잡고 조정하는 역할을 해준답니다. 캄캄한 걱정의 바닷속에서 방향을 놓치지 않게요.

명랑해지면 즐거워져요. 즐거움은 아가미예요. 우울과 걱정이라는 불순물들이 한숨에 섞여 들어와도 즐거움이 걸러줘요. 명랑과 재미만 흡수하죠. 이쯤 되면 여유와 재치라는 부레가 생겨요. 부레가 커졌다 작아졌다 하면서 몸을 두둥실 떠올렸다 사르르 내리기도 하지요.

우리가 한 마리 물고기라서 삶의 너른 바다에서 우울과

걱정과 한숨이라는 거친 물결 속을 헤엄칠 때 우리에게 필요한 건 재미라는 비늘과 명랑이라는 지느러미와 즐거움이라는 아가미랍니다. 여유와 재치라는 부레까지 생기면 우리는 절대로 익사하지 않아요. 어쩌면 한 마리 날치처럼 바다 위를 날아오를 수도 있어요. 꺄아!

갑자기 왜 이러냐고요? 지금, 여기 살아 있으니까요. 살아가야 하니까요. 자, 지금부터 나는 금빛 날치랍니다.

한번 어린이는 영원한 어린이

인생은 올라갔다 내려오는 것. 그거 이미 어릴 때 놀이터에서 알았는데, 그네를 타도 올라갔다 내려오고, 미끄럼틀을 타도 그랬지. 시소는 어떻고? 내가 내려와야 친구가 올라갈 수 있잖아. 그땐 그게 신났는데. 높이 올라갔다가 아찔하게 내려올수록 더 신났지. 꺄아아 비명을 지르면서 꺄르르 웃고.

비눗방울 놀이도 재밌었는데. 동그랗게 부풀다가 무지개 색으로 빛나다가 높이 올라가다가 팡 터져버리면 깔깔 웃었지. 깡충깡충 뛰면서 웃고 달리면서 웃고. 자꾸 방울을 만들고 자꾸 터뜨리고 자꾸 웃고.

어른이 되어버린 지금, 올라갈 때는 아슬아슬하고 내려올 때는 힘겹지. 부풀린 것들이 터져버릴까 봐 겁이 나지. 신나는 일은 없고 재밌는 일도 없고.

학교에 다니지 않는데도 숙제는 있고, 학교 다닐 때보다도 점점 더 많이 늘어나는 기분이야. 풀리지 않는, 해석되지 않는, 아무리 찾아도 답이 없는 숙제들.

솔직히, 어린이였을 때도 항상 즐겁지는 않았어. 속상해서 울고 슬퍼서 울고 겁나서 울고, 너무 무서우면 울지도 못했지.

오늘은 어린이날. 어둠 속에서 숨을 참고 쪼그리고 앉아 있던 어린이들아, 숙제 속에 숨어버린 어린이들아, 내려오는 것의 두려움과 터져버리는 것의 무서움을 알아버린 어른 속의 어린이들아, 이리 나와. 나와서 신나게 재밌게 놀아. 선물도 받고.

누구에게 받냐고? 그건 당연히 어른인 나에게 받는 거지. 그래서 나는 오늘 내게 선물을 했어. 내가 어린이였을 때 선물로 받았던 바로 그 바나나 맛 우유를. 그리고 다시 어린이로 돌아가 두 손으로 둥근 단지를 감싸고 빨대로 쪼옥 달콤함을 즐겼지. 깔깔.

입술을 동그랗게 모으고 “포도”

땡볕이 자글자글한 날이었다. 포도가 익기 좋은 날이었다.

그날의 애인이 내게 물었다. 어떤 과일을 좋아하냐고. 나는 배시시 웃기만 했다. 다시 묻는다. 이쁘게 웃으면서 대답해 줬다. 남이 깎아준 과일을 좋아한다고. 손에 물 묻히면서 먹기 싫다고. 처음엔 무슨 말인지 이해를 못한 표정이더니 한숨을 쉰다. 애인 중에 나를 이렇게 모르는 사람도 있다니, 나도 한숨을 쉬었다.

그날의 애인은 머루 포도가 좋단다. 혹시라도 내 눈동

자를 닮아서 좋다는 건가? 눈을 초롱초롱하게 뜨면서 깜빡여주었다. 달고 맛있어서 좋단다. 잠시 헛물켰다. 나는 수박이든 포도든 씨 발리는 것들은 싫다고 했다. 먹여주면 먹을 수 있다고 했다. 나를 바라보더니 또 한숨을 쉰다. 그러니 애인이 없다는 표정이다.

손가락 젖는 것이 싫어서, 씨 발리는 것이 싫어서, 한 알 한 알 떼어먹는 것이 싫어서, 먹여주는 포도만 먹는다. 이런 나도 가끔 포도를 산다. 나 먹으려고 사는 게 아니라 딸 주려고 산다. 작년에 이어 올해도 멀리 전남 장흥에 있는 과수원에서 포도를 샀다. 다품종 소량 생산을 하는 곳이다. 투명한 연두색의 알이 작고 귀여운 청포도부터 씨가 없고 껍질이 얇아 껍질째로 먹을 수 있는 포도, 그리고 즙이 흥건한 머루 포도까지 골고루 기른다. 거의 열 가지 종류의 포도를 재배한다. 지난해에 이곳의 포도를 먹으면서 품종 별로 맛을 재미있게 표현하던 딸의 얼굴이 떠올라 나도 모르게 올해도 주문을 했다.

'포도'라고 발음해 보라. 저절로 입술을 동그랗게 모으게 된다. 애인이 입술을 동그랗게 모은다면 먹여주고 싶지 않겠는가. 나라면 청포도 한 알, 머루 포도 한 알 번갈아 가면서 먹여주겠다. 포도를 받아먹는 입도 달콤해지고 먹여주는 손가락에도 단맛이 배어나는 순간이다. 이럴 때 눈 마주치면 눈빛도 달아진다. 이하 생략이다.

내 손 적시기 싫어서 이런 말 하는 건 아니다. 어쨌든 장흥에서 올라온 음악적인 포도는 딸에게 배달했다. 세 송이 남겼다. 그리고 지금 혼자서 입으로는 '포오도오'라고 은밀하게 발음하면서 내 손으로 내게 먹이고 있다. 새벽 한 시에. 아, 달다.

엄마는 남자를 몰라

일 년 전

"아들, 커튼 좀 달아주라."

침대에 스며들던 아들 눈치를 보면서 슬그머니 한마디 던져봐요. 주말이라고 친구를 만나고 늦게 귀가했으니 귀찮아할 것이 뻔해요. 지금 해줄 거라는 기대는 안 해요. 아마 내일 해준다고 그러겠죠. 어라, 웬일로 순순히 나와서 커튼을 달아주네요. 여름용 가벼운 것이니 십 분 만에 뚝딱 일을 끝내요.

"어때?"

"응응, 잘했네."

엄마의 칭찬을 받고 으쓱한 표정으로 방으로 들어가려는 아들에게 나온 김에 커피도 한 잔 내려달라고 부탁 한 가지를 얹어요. 갑자기 아들이 한숨을 푹 쉬면서 나를 바라봐요. 내 옆으로 오더니, 어깨에 손을 올려요. 어느 틈에 나보다 키가 한 뼘 반이나 커져서 나를 내려다봐요. 마치 애인에게 하듯이 내 머리를 쓰다듬어요.

"엄마, 엄마가 남자에 대해서 알아둘 게 있어."

갑작스러운 아들의 말이 당황스러워요. 무슨 말을 할지 궁금하기도 해요. 솔직히 마음속에서는 내가 산 세월보다 반도 살지 못한 아들 녀석이, 엄마인 나에게 충고를 하겠다니 괘씸하다는 생각이 뾰족뾰족 올라와요. 여차하면 다다다 쏘아붙이려고 아-에-이-오-우 입술 준비 운동을 해요. 눈을 똥그랗게 뜨면서 반격의 태세를 갖춰요.

"엄마, 남자들은 말이야, 일을 시킬 때 하나를 시키고 곧바로 이어서 다음 일을 시키는 것을 싫어해. 그러니까 커튼을 달라고 하기 전에 커튼 달고 커피도 만들어 달라고 하는 게 좋아."

나는 멍한 표정으로 아들을 쳐다봐요. 아니 고개를 젖히고 올려다봐요. 괜히 심술이 나려고 해요.

"게임할 때를 생각해 봐. 하나의 단계가 끝나면 보상이 있잖아. 그 보상도 없이 다음 단계가 시작된다면 재미가 없지. 일을 하는 것도 마찬가지야. 엄마가 부탁하는 일이 싫지는 않아. 하지만 한 가지를 끝내자마자 다른 일을 또 시키면 하기 싫어져. 잘 끝냈다는 성취감을 느낄 틈이 없거든."

내가 아는 게임은 테트리스가 전부예요. 여러 가지 모양으로 생긴 블록을 차례차례 쌓는 바로 그거요. 왕년에 친구랑 오락실에 앉아 기계에 동전을 넣고 누가 더 높은 레벨까지 올라가나 내기하던 바로 그거요. 그 게임도 단계가 있죠. 한 단계가 끝나면 러시아 병정 둘이

서 성 꼭대기의 문을 열고 나와 방정맞은 춤을 추면서 축하를 해줬던 기억이 나요. 그때 정말 뿌듯했었죠. 다음 단계도 잘할 수 있을 것 같은 으쓱함이 생기면서 손가락을 풀었죠.

이제 스물두 해 산 아들이 이렇게 예를 들어가면서 조곤조곤 설명해 주는 것이 신기해요. 요즘 연애를 하더니 사람을 대하는 기술이 늘었나 봐요. 비유도 알아듣기 쉽게 해주니 키운 보람이 느껴지고 뿌듯하고 기특해요. 키만 큰 게 아닌가 봐요. 아들이 엄마인 나를 귀여운 애인 대하듯이 하는 양이 오히려 재밌고 귀여워서 재빨리 내 특유의 농담을 얹어봐요.

"그랬구나. 내가 남자를 모르고 살았네. 알려줘서 고마워. 이제부터 부탁할 일은 미리 목록을 작성해서 줄게. 아, 지금 막 몇 가지가 생각났어, 청소기 돌리고 쓰레기 버리고 음…, 또…, 아직 한 열 가지는 남았는데…."

나는 눈을 굴리면서 이참에 뭘 더 시켜볼까 재빨리 집안을 훑어봐요. 베란다에 탑처럼 쌓여 있는 빈 택배 상자들이 보여요. 얼른 손가락으로 상자들을 가리켜요.

"에혀, 그러니까 엄마가 아직 연애를 못 하는 거야. 남자는 한 번에 세 가지 이상 시키면 못 해."

아들은 혓바닥을 쏙 내밀어 메롱메롱 늙은 에미 약을 올리더니 후다닥 방으로 도망가 버려요.

어쭈, 요 녀석 봐라. 내일 아침은 냉장고를 뒤져 온갖 푸성귀들을 모아야겠어요. 초록이 가득한 자연의 밥상을 맛보게 해주려고요. 당분간 고기반찬은 없어요.

곰곰이 생각해 보니 나쁜 팁은 아니에요. 잊기 전에 기억해 두어야겠어요.

하나, 남자에게 무언가를 부탁할 때는 한 가지가 끝난 후 충분한 보상을 해준다.
둘, 두 가지 일을 시킬 때는 한 가지가 끝나고 연이어 시키지 말고 처음부터 두 가지 일을 함께 부탁한다.
셋, 남자는 한꺼번에 세 가지 이상의 일을 못 한다.

아들에게 애인이 생겼어요. 아들의 애인은 마법의 성에 사는 공주인가 봐요. 아들은 요즘 공주님의 마법에 빠진 것 같아요.

저녁을 먹고 달고 시원한 것이 먹고 싶다고 혼자 중얼거려요. 물론 아들을 곁눈으로 보면서요. 어머, 전화기를 끼고 소파에 뒹굴던 아들이 벌떡 일어나요. 아이스크림을 사다 주겠대요. 단 1초의 망설임도 없이 나가요. 커다란 통에 들어 있는 바닐라 아이스크림을 사 왔어요. 나갈 때도 들어올 때도 귀에 전화기가 붙어 있는 것을 보니 아무래도 '공주'가 전화로 '엄마 부탁 잘 들어주기' 마법을 부리나 봐요.

식탁에 아이스크림을 놓고 방에 들어가는 아들의 뒤통수에 대고 커피도 한 잔 만들어달라고 했어요. 불현듯, 작년에 커튼 달기를 시킨 후 커피 만들기를 연달아 부탁했다가 엄마는 남자를 모른다는 타박을 들었던 생각이 나네요. 아무래도 커피는 내가 만들어야겠어요. 내 손으로 원두를 갈 준비를 해요.

"내가 해줄게."

아들이 방에서 나와 커피콩을 꺼내요. 드르륵, 드르륵 콩을 갈아요. 주전자에 물을 끓여요. 드리퍼에 조르륵 조르륵 물을 붓고 커피를 우려요. 콩을 꺼내고 콩을 갈고 물을 끓이고 물을 붓는 내내 귀에 전화기가 붙어 있어요. '공주님'께서 전화로 마법의 주문을 속삭이나 봐요.

두 가지에 이어 한 가지 부탁을 더 해보자는 실험 정신이 생겨요. 과연 남자인 아들이 할까요? 재활용을 버려달라고 했어요. 이게 무슨 일인가요. 전화기를 귀에 붙인 채 군말 없이 상자랑 빈 병이랑 정리해서 들고 나가요. 오호, 놀라워라. 무려 세 가지 일을 하게 만드는 '공주마마'의 능력이라니.

남자에게 무언가를 부탁할 때는 한 가지가 끝난 후 충분한 보상을 하고, 두 가지 일을 시킬 때는 한 가지가 끝나고 연이어 시키지 말고 처음부터 두 가지 일을 함께 부탁하고, 남자는 한꺼번에 세 가지 이상의 일을 못 한다는, 엄마는 남자를 모른다는 말까지 들먹이며 했던 일 년 전의 충고는 전혀 기억을 못 하나 봐요.

내가 남자를 모르는 건지 아들을 모르는 건지 모르겠어요. 아니 둘 다 모르나 봐요. 커피는 쓰고 아이스크림은 달콤하네요. 하하핫.

딩동, 선물이 도착했습니다

“엄마, 선물이 있어요.”

퇴근하는 아들 손에 내가 좋아하는 도넛 상자가 들려 있다. 웃는 얼굴이다. 엄마에게 무언가 줄 수 있다는 뿌듯함이 느껴진다. 같이 먹으라며 원두를 갈고 물을 끓여 커피를 내려준다. 도넛 한 입과 커피 한 모금을 먹는다. 달콤함과 씁쌀함이 어우러지면서 녹는다. 나도 웃는 얼굴이 된다.

“선물이 있어.”

오늘은 선물을 받는 날인가 보다. 아들이 도넛을 선물로 내밀기 몇 시간 전, 점심에 만난 친구한테 선물을 받았다. 시인의 책 한 권과 빨간색 작은 필통과 알록달록한 색의 샤프 연필 세 자루다. 싱긋 웃는 표정으로 건네준다. 전혀 예상하지 못했던 선물에 살짝 마음이 붉어진다. 다정한 응원에 마음이 으쓱해진다. 이제 곧 개강이니 공부 열심히 하라는 뜻인가 보다. 고마운 마음에 나도 웃는 표정이 된다.

"엄마, 받고 싶은 선물 있어요?"

딸에게 연락이 왔다. 며칠 후면 내 생일이다. 딸에게 나 대신 다른 사람들에게 선물을 해달라고 부탁했다. 아들에게도 같은 부탁을 했다. 아이들은 고맙게도 순순히 내 뜻대로 하겠다고 답했다.

나는 지인 중에 '아동청소년그룹홈'에서 보육사로 일하고 있는 분께 연락을 드렸다. 사연을 말씀드리고 아이들에게 2학기 개학 선물로 치킨을 선물하고 싶은데 받아달라고 부탁했다.

'아동청소년그룹홈'은 가족과 함께 살기 어려운 몇몇 아이들이 가정을 이루며 함께 사는 집이다. 지역 사회 안의 아파트나 빌라, 단독 주택에서 아이들에게 가정과 유사한 환경을 제공하는 것이 이곳의 목적이다. 통상 서너 명의 사회복지사가 24시간, 365일 돌아가며 일곱 명 이내의 아이들을 돌본다. 함께 잠을 자고 밥을 해 먹이고 빨래, 청소 등등 집안일을 해준다. 엄마나 이모처럼, 아빠나 삼촌처럼 칭찬도 하고 참견도 하고 야단도 치고 걱정도 한다.

하지만 지원되는 재정이 빠듯해서 아이들이 원하는 만큼 유행하는 음식을 사주기 어렵다. 한창 자라는 10대 아이들인데 요즘 흔히 얘기하는 '1인 1닭' 주문은 힘들다. 사회복지사님은 먹성 좋은 사내아이 세 명을 돌보고 있다면서 흔쾌히 부탁을 받아주었다. 아이들에게 오늘 저녁 '1인 1닭'이라는 즐거운 선물을 주게 되었다고 기뻐했다. 나는 아들과 친구에게 받은 깜짝 선물로 기쁨을 누렸다. 또 내 생일 선물을 그룹홈 아이들에게 돌리면서 아이들이 신나고 기뻐할 생각에 나도 행복했다. 소식을 전해 들은 딸과 아들도 기뻐했다.

치킨 몇 마리를 선물하면서 아이들에게 힘내라든지 희망을 품으라든지 같은 말을 하지는 않았다. 하지만 치킨을 먹으면서 몇 시간 즐겁고, 그 즐거움으로 일상을 조금 더 힘 있게 지냈으면 하는 작은 바람이 있었다.

이 글은 몇 년 전《우먼타임스》칼럼으로 쓴 글이다. 그때 글을 본 지인 김 선생님이 그룹홈 아이들에게 치킨을 사주고 싶다면서 적지 않은 액수의 기프티콘을 보내주었다. 그분은 그러고도 다시 햄버거 기프티콘도 보내주었다. 한창 크는 아이들이니 햄버거도 좋아할 것 같아 선물을 주고 싶다는 뜻이었다. 그 후 김 선생님은 따님에게 생일 선물로 받은 현금으로 아이들에게 다시 선물 쿠폰을 보내주었다. 내가 한동안 그림을 배우러 다녔던 미술 학원의 젊고 예쁜 미술 선생님도 내 글을 보고 아이스크림 쿠폰을 보내주었다. 나는 기쁜 마음으로 그룹홈 사회복지사님에게 쿠폰을 전해드렸다. 내 작은 마음으로 시작한 선물이 다른 사람들의 마음이 더해지면서 커졌다.

그때 일을 생각하면 크레이그 앨런Craig Alan의 그림이 떠오른다. 그는 사람을 모아 사람을 그리는 미국의 예술가다. 주로 우리에게 익숙한 유명 인사의 초상화를 만든다. 사람뿐 아니라 미키 마우스나 헬로 키티를 형상화하기도 한다. 점묘화 같은 그의 작품을 멀리서 보면 한 사람의 얼굴이나 모습이지만 가까이 가서 들여다보면 수많은 사람이 그려져 있다. 단순한 점이 아니라 1~2cm 크기의 아주 많은 사람이 그려져 있다. 하나의 색으로 단순하게 사람의 형태만 그린 게 아니다. 작품 속 한 사람 한 사람이 다른 모습을 하고 있다.

옷도 다르고 머리 모양도 다르고 몸짓도 다르다. 걷는 사람이 있고 뛰는 사람이 있고 앉아서 쉬는 사람도 있다. 두 사람이 대화하는 모습도 있고 혼자 웃는 사람도 있고 여럿이 모여 웅성거리는 장면도 보인다. 유아차를 끌고 가는 여성도 있고 풍선을 들고 가는 어린이도 있고 지팡이를 짚고 걷는 노인도 들어 있다. 악기를 연주하는 사람, 현수막을 들고 자기의 주장을 보여주는 사람까지 있다. 우리가 사는 세상의 많은 사람이 저마다 달리 가지는 특색이 그려져 있다.

내 생일 선물은 비록 몇 명 다른 사람들의 선물로 연결되었지만 이것은 연결의 시작이다. 그룹홈 아이들이 자라서 어른이 되었을 때 그들도 누군가에게 기쁨을 주는 선물을 나눌 수 있지 않을까 싶다. 내 아이들도 이 경험을 바탕으로 또 다른 사람들에게 기쁨을 주는 마음을 이어갈 수 있을 것이다. 이렇게 작은 기쁨이 더 큰 기쁨으로 퍼져나갈 것이 분명하다. 크레이그 앨런의 그림 속 사람들처럼 다양한 사람들로 모이고 연결되어 새로운 모습으로 태어날 것이다.

인생은 한 방의 커다란 운으로 행복해지지 않는다. 힘들고 지칠 때 한 알, 슬프고 외로울 때 한 알씩 입에 물고 단맛을 즐길 수 있는 작은 기쁨들이 오히려 살아가는 힘이 된다. 사탕 봉지에 든 색색의 여러 가지 맛 사탕 같은 기쁨이랄까? 얼마 전에 오랜만에 만난 옛 직장의 선배가 자그마한 선물을 내게 건네주면서 "난 선물을 줄 때 행복해."라는 말을 했다. 그러면서 살짝 웃는 표정이 얼마나 귀여운지 그분도 내 애인 목록에 넣었다.

달고나같이 노랗고 녹진녹진한 햇살이 흐르는 봄날 저

녁이다. 이 저녁 선물 사기 나들이를 해보시라. 선물은 받을 때보다 고를 때 더 행복감이 크다는 연구를 읽은 적이 있다. 누군가에게 선물을 준다는 건, 결국 나 자신에게 기쁨이라는 선물을 주는 것이다.

사람과 사람이 만드는 그늘막

연일 무더위가 계속되고 있다. 오늘도 어제처럼 숨이 턱턱 막히게 덥다. 버스를 갈아타기 위해 5분 정도 정류장에 서 있는데 팔에 닿는 공기가 뜨겁다. 냉방이 잘된 버스에서 금방 내렸는데도 얼굴이 화끈거린다. 그늘에 있는데도 이마에 땀이 맺힌다.

버스를 타자마자 시원한 바람이 내 쪽으로 오게 머리 위 에어컨을 돌려놓고 가방에서 부채를 꺼내 부채질을 한다. 더운 기운이 조금 가라앉는다. 버스는 뜨거운 아스팔트를 달려 정류장마다 사람을 태우고 내려준다. 좀 전에 버스를 탄 사람이 내 앞에 서자 다시 열기가 느껴진다.

이윽고 버스는 종각을 지나 종로 5가를 거쳐 대학로 쪽으로 접어든다. 방통대 앞 정류장에서 사람들을 태우고 출발한 버스가 건널목 신호등에 걸려 멈추었다. 시간은 정오를 지나 한 시를 향해 가고 있다. 창밖으로 보이는 거리는 대낮의 뙤약볕으로 하얗게 떠 있다.

건너편 길에 민소매 옷을 입고 선글라스를 끼고 지나가는 젊은이가 보인다. 두 개의 지팡이를 짚고 힘겹게 한 발 한 발을 옮기는 할머니도 보인다. 할머니보다 한두 걸음 앞에 커다란 약봉지를 들고 걷는 할아버지도 보인다. 아마 근처에 있는 서울대 병원에서 진료를 보고 약국에서 약을 사서 나오는 노부부인 듯하다.

할아버지가 걸음을 멈춘다. 뒤따라오던 할머니도 멈춘다. 구부정한 허리로 양손에 지팡이 하나씩 잡고 서서 할아버지를 본다. 할아버지는 바지 주머니에서 지갑을 꺼낸다. 지갑 속에서 지폐를 한 장 꺼낸다. 왔던 길을 돌아서서 몇 걸음 걷는다.

거기 사람이 한 명 엎드려 있다. 검은 바지를 입고 검은 윗도리를 입고 검은 모자를 쓴 사람이 8월 한낮의 불볕더위 속에서 길바닥에 배를 깔고 기어가면서 구걸을 하고 있다. 할아버지는 그에게 다가가 몸을 낮춰 돈을 쥐여준다. 그러고는 돌아서서 기다리고 있던 할머니와 함께 떠난다.

나는 버스 안에서 부채질하던 손을 멈추고 그 광경을 바라보았다. 그때 또 다른 사람이 걸인을 향해 몸을 수그리는 것이 보였다. 바로 옆 가판대에서 음료수를 사던 남자다. 그는 음료수병 뚜껑을 따서 시커먼 모자 아래에 놓는다. 음료수를 사면서 받았던 거스름돈 중 한 장도 같이 건네준다. 천천히 일어서서 지하철 출구 쪽을 향해 걸어간다. 그에게 돈을 주기 위해 일부러 음료수를 산 것 같았다.

배를 깔고 엎드려 구걸하는 사람과 가던 길을 돌아 돈을 쥐여주는 할아버지와, 두 개의 지팡이로 구부정한 몸을 지탱한 채 불평 없이 기다리고 서 있던 할머니와, 일부러 음료수를 사서 건네주는 남자가 네 개의 꼭짓점이 되어 사각형이 만들어지고 있었다.

정수리에 내리꽂히는 햇볕을 피해 바삐 움직이는 사람들 사이에서 보이지 않는 그늘막이 펼쳐지고 있었다. 된더위로 숨이 막히는 2023년 8월 3일 정오에서 오후 한 시로 넘어가는 한낮 대학로에서.

한 사람의 배후

살아오는 동안 사람에게 등을 떠밀려 넘어지기도 하고 사람에게 걸려 엎어지기도 했다. 하지만 내 손을 잡아 일으켜 준 것도 사람이고 허기진 몸과 마음을 채워준 것도 사람이다. 이런 일들은 앞으로도 계속 반복될 것 같다. 힘들 때 사람에게 기대었다가 마음을 다칠 수도 있다고 해서 일단 나 자신을 먼저 단단히 세우고 다른 사람과 관계를 맺는 것이 나는 서툴다.

사람은 빈틈이 많다. 그 틈으로 빛을 보기도 하고 어둠을 보기도 한다. 틈이 있기 때문에 우리는 서로의 틈에 스민다. 나도 당신도 그렇다. '우리'라는 무늬는 그렇게 만들어진다. 사람은 누구나 매끈하지 않다. 올록볼록한 곳도 있고 찌그러진 구석도 있다. 타인의 구석에 쌓인 먼지로 내가 '콜록' 기침을 하다가 눈물을 쏙 빼기도 하고, 타인의 구석에 나의 도드라진 뾰족함을 얹고 쉬기도 한다.

20대에 설악산에 갔다가 폭우를 만난 적이 있다. 산 정상 부근에 있다가 내려오면서 보니 길이 전날과는 완전히 달랐다. 올라갈 때 껑충껑충 건너뛰던 계곡의 바위는 하나도 보이지 않고 살벌한 황토색 물줄기가 세차게 흘러내리고 있었다. 산을 무사히 내려갈 수 있을지 두려웠다. 콸콸 쏟아져 내려오는 물을 건널 때 기다란 통나무를 잡고 건넜다. 여러 곳에서 그랬다. 산을 잘 아는 사람들이 다른 이들이 안전하게 물을 건널 수 있게 굵은 나무를 잘라 바위와 바위 사이에 걸쳐둔 것이었다. 나는 그날 모르는 사람의 호의에 기대 물을 건넜다. 덕분에 살아서 내려올 수 있었다.

누군가가 내게 폭우를 퍼부을 때 나는 또 다른 누군가의 호의를 붙잡고 인생의 급류를 건널 수 있었다. 사람으로 인해 힘들었지만, 사람으로 인해 힘을 내기도 했다. 사람들 덕분에 살아내고 있다. 나는 계속 사람에게 기대며 살 것이다.

지금까지 이 글에는 사람이라는 단어가 열다섯 번 나온다. 그 열다섯 명의 배후에는 또 각각의 열다섯 명이 있다. 사람들과의 관계는 거듭제곱이다. 나 하나는 아무리 곱해도 하나지만 사람들과 관계를 맺으면 우리는 거듭제곱을 무한히 반복하며 넉넉해진다. 헤아릴 수 없이 크고 넓은 우주처럼.

시무나무

자유로를 달린다. 십이월의 끝자락이라 잎을 거의 다 떨군 가로수들이 휙휙 지나간다. 가로수들은 같은 간격으로 심겨 있다. 옛사람들이 20리마다 심었다던 시무나무가 불현듯 떠오른다. 오리나무는 5리마다 심고, 시무나무는 20리마다 심어 길잡이를 했다고 한다. 길라잡이 나무를 심는 것은 일정한 간격마다 마디를 짓는 일이다.

이틀 남은 올해를 돌아본다. 지난 이월에는 오래 다니던 직장을 그만두었다. 그리고 삼월에는 새 직장을 구했다. 그러나 예기치 않은 고단함으로 새로 구한 직장은 삼 개월 만에 그만두게 되었다. 봄과 여름까지 몸도 마음도 무척 힘들었다. 초여름부터 가을의 문턱까지 쉬면서 지친 심신을 다스렸다.

자유로를 달린다. 가을이 시작될 무렵 자유로를 달려 묵호를 갔던 일이 떠오른다. 도착지는 묵호였지만 목표는 양양 터널 극복이었다. 아주 오랫동안 혼자 장거리 운전을 해본 적이 없었다. 특히 동해안 쪽은 길고 긴 터널이 두려워서 갈 엄두를 내지 않았다. 목표를 만들고 마음을 단단히 세우니 몸이 움직였다. 그리고 구월 어느 날 터널을 향해 출발했다. 내비게이션이라는 길라잡이 기계조차 멈춘 끝없이 이어지는 터널 속을 달렸다. 길이 다시 나타날 때까지 눈을 부릅뜨고 정신을 집중해서 차분하게 속도를 조절했다. 어느새 터널이 끝나고 다시 세상으로 나가게 되었다.

터널을 극복하자 새로운 많은 길이 내 앞에 나타났다. 신기하게도 전국 여기저기로 여행할 일들이 생겼다. 전주를 다녀왔고 전주보다 더 먼 보길도도 다녀왔다. 그리고 다시 묵호를 갈 일이 생겼다. 1박 2일의 짧은 여행이었지만 좋은 추억이 생겼다. 그 추억으로 가슴이 든든했다. 며칠 전에는 춘천을 가게 되었다. 춘천에 거의 도착했을 무렵 깨달았다. 길고 긴 터널을 지나 지금 여기에 있다는 것을. 길가에 잠깐 차를 세웠다. 한파 주의보가 내린 날이었다. 차에서 내리자 차가운 공기가 얼굴에 닿았다. 하늘은 맑고 높고 강처럼 긴 호수의 물은 깊고 파랬다. 날은 추웠지만, 마음은 춥지 않았다.

다시 자유로를 달린다. 파주를 다녀오는 중이다. 독수리를 보러 갔다. 겨울 들판에 독수리가 있었다. 커다란 날개를 펼쳐 유유히 날아오르는 모습을 보았다. 높은 하늘에서 지상을 내려다보는 독수리 한 마리도 보았다. 벌판에서 날개를 접고 묵묵히 바람을 견디는 모습도 볼 수 있었다. 많은 독수리가 따로 또 같이 모여 있는 모습을 보았다.

자유로를 달리며 지난 일 년을 돌이켜 본다. 나도 파주 장산 벌판의 독수리처럼 날개를 퍼덕거리며 날아오른 날이 있었다. 묵묵히 거센 바람을 견디던 날도 있었다. 그럴 때마다 사람들이 내 옆에 있었다. 웅크리고 있을 때 나를 다시 세워주는 사람들의 말이 있었다.

상심해 있던 봄날, 똑똑한 애인이 내게 한마디 툭 던졌다. "잃을 것이 없으니 계속 나아가세요." 이 말에 정신이 번쩍 들었다. 애를 태우며 내게 일어난 일을 원망하면서 스스로 자신에게 상처 주고 있는 나를 발견했다. 번아웃에 빠져 직장을 그만둔 여름에는, 자괴감에 빠져 있던 내게 다정한 위로의 말과 함께 시원한 얼음 커피를 건네준 애인도 있었다. 얼마 지나지 않아서 글을 모아 책을 만들어 보자는 제안을 받았다. 가을에는 애인인지 아닌지 헷갈리는 사람에게 자꾸 시도하고 도전해 보라는 응원의 말 몇 마디를 얻었다. 그 말에 어깨가 활짝 펴지고 단단해졌다. 날개가 커지는 기분이었다.

전전긍긍하며 눈앞의 하루하루를 달팽이처럼 기면서 버티던 날들이 있었다. 그날들을 통과해 지금은 무릎을 세우고 뚜벅뚜벅 걷고 있다. 다가올 시간에 대한 계획도 생겼다. 행복한 기대는 새로 돋는 깃털이다. 나는 그 깃털을 모아 날개를 펼쳐 오르고 싶다.

올해의 열두 나무를 다 지나와 돌아보니 시무나무처럼 길라잡이로 서서 내게 길을 보여준 말들이 있다. 그 말들로 내 몸과 마음의 마디를 세워 새로운 인생 마디를 만들어야겠다. 내게 길라잡이 말을 심어준 애인들이 있다. 같이 밥을 먹어주고 같이 웃고 같이 울어준 애인들이 있다. 때로는 내게 섭섭하다며 화를 내거나 나를 속상하게 한 애인들도 있다. 하지만 나와 애인들은 서로를 애틋하게 여기는 마음이 있어 헤어지지 않고 여전히 애인이다.

새로 자유로를 달릴 준비를 한다. 부릉부릉 시동을 건다. 내비게이션에 갈 곳을 입력한다. 출발이다. 나는 오늘도 오늘의 애인을 만나러 간다.

나가며

두 통의 편지

선생님께

선생님, 제가 돈을 벌었습니다. 글을 써서 돈을 벌었습니다. 고등학생일 때 백일장에 나가 상을 받고 큰 상장을 받은 적이 있습니다. 결혼하고 아이 낳고 잡지에 동화 끄적거린 것을 투고하여 상품을 받은 적도 있습니다. 어린이 논술 잠깐 배우면서 제가 쓴 글이 책에 실린 적도 있지만, 돈이 되지는 않았지요. 몇 년 전에는 업무와 관련해서 잘 꾸며 쓴 보고서로 돈을 받기는 했지만 제 생각을 풀어 쓴 글로 돈을 받아보기는 처음입니다.

선생님 말씀대로 글이 돈이 되었습니다. 큰돈은 아니지만, 벅차고 뿌듯합니다. 몇만 원이지만 어미의 글이 돈이 되었다고 딸과 아들에게 자랑도 했습니다. 친구에게도 자랑했습니다. 그리고 모양 있게 아이스크림 하나씩을 선물했습니다. 친구도 자식놈들도 다들 잘 썼다 칭찬합니다. 칭찬이 아이스크림처럼 달콤하고 부드럽습니다. 칭찬을 먹고 나니 아이스크림을 먹은 것처럼 상쾌하고 행복합니다.

선생님께서 먼저 페이스북 친구 신청을 했을 때 어리둥절했었습니다. 그 후로 글 써보라는 말을 했을 때는 당황스러웠습니다. 우연한 기회에 세상 구경이나 해볼까 싶어 가입했던 SNS였으니까요. 그 판을 이용해서 내 글을 쓰리라는 생각은 전혀 없었거든요. 저는 하던 짓도 멍석 깔아주면 못 하는 왕 소심쟁이인 데다가, 솜털 같은 바람만 스쳐도 잎을 오므리는 미모사처럼 잘 쪼그라드는 심장을 가졌거든요. 그러니 '글을 써보라.'는 갑작스러운 선생님의 말씀을 듣고 놀라서 쭈뼛거리며 한 발 뒤로 물러섰지요. 다시 숨을 궁리를 했지요.

그래도 격려와 칭찬은 좋았습니다. 간이 살짝 커지는 기분이었습니다. 이왕 세상 문을 열고 나왔으니 '한번 해볼까?'라는 용기도 봄날 새싹만큼 돋아 올랐지요. 얼마 전 망설이는 내게 잃을 것이 없으니 주저하지 말고 계속하라고 하셨지요. 그때 정말 신기하게도 정신이 번쩍 들면서 '그래, 일어나자, 계속하자.'라는 생각이 들었습니다. 새싹 위로 줄기가 단단해지듯 마음이 조금 더 단단해졌습니다. 속상한 마음이 순식간에 사라지면서 뿌리 한 가닥을 더 깊게 내렸습니다.

선생님이 주신 격려의 말을 붙잡고 일어났습니다. 세상이 내 마음을 자빠뜨려 짓누를 때 지팡이가 되어주셔서 고맙습니다. 앞으로 열심히 써서 돈 많이 벌어서 선생님께는 특별히 좋아하는 호두 아이스크림 큰 통으로 사드릴게요.

선생님의 선생님께

얼굴도 이름도 모르는 선생님의 선생님께 편지를 씁니다. 오래전 선생님의 어린 제자였던 M 선생님이 세상에 대한 실망으로 웅크리고 있던 제게 따뜻한 말로 어깨를 두드려주었습니다.

"다 괜찮아요."

별거 아닌 짧은 말이지만 괜찮지 않던 제가 저 말을 다친 마음에 붙이고 조금씩 괜찮아졌습니다.

"계속해 봅시다."

구체적인 대안도 아닌 말이지만 저는 저 말을 붙잡고 다시 일어나 먼 곳을 보며 걸을 수 있었습니다.

선의를 베푼 것은 M 선생님인데 왜 선생님의 선생님인 당신께 고맙다고 하냐고요? 누군가가 다른 사람에게 어떤 선의를 베푸는 것은 그것을 보고 배우게 해준 선생님이 있기 때문입니다. 그러니 당연히 당신께 고맙다는 인사를 드려야지요. 비록 한 번도 뵌 적 없는 분이지만요.

아주아주 오래전, 어둠 속에 울고 있던 어린 소녀는 선생님이 내밀어 준 손을 잡고 일어설 수 있었다 합니다. 선생님 덕에 스스로 길을 만드는 법을 익혔다 합니다. 그 소녀가 자라 어른이 되어서, 길을 잃고 헤매고 있는 제 손을 잡아주었습니다. 당신이 어린 소녀인 M 선생님에게 했던 것처럼요.

그러니 이제 저도 누군가의 손을 잡고 같이 가자고 해야겠어요. 혼자가 아니라면, 이렇게 서로 손을 잡고 있다면, 언제 나타날지 모르는 절망이라는 구덩이에 빠지지 않고 같이 건널 수 있을 겁니다.

M 선생님께 고맙다는 인사를, 선생님의 선생님께도 고맙다는 인사를, 넘어진 누군가의 손을 잡는 것으로 대신 하려고 합니다. 그게 제대로 배운 인사라는 생각이 듭니다. 그게 이미 우주로 돌아가 별의 입자가 되었을 '선생님의 선생님의 선생님'들께 감사 인사를 전하는 방법이라는 생각이 듭니다.

며칠 전부터 새벽에 별을 봅니다. 한 달 전쯤 겨울이 한

참일 때 관리 사무소에서 단지 내 나무들 가지치기 작업을 했습니다. 집 앞 감나무도 몇 년 동안 키웠던 가지를 잘리고 키가 작아졌습니다. 나는 가지 잃은 나무만 안타까워하고 있었는데 문득 우듬지를 잃은 나무 바로 위에 떠 있는 별 하나가 보였습니다. 새벽에 잠깐 낮게 떠 있는 별이라, 가지치기를 하지 않았다면 나무에 가려져 그 별을 보지 못했겠지요. 별은 항상 그 자리에서 빛나고 있었지만, 그 빛이 내게 닿지 못했겠지요.

며칠 전부터 새벽에 별을 봅니다. 별은 밤이 물러가는 자리와 아침이 오는 자리가 만나는 곳에 떠 있습니다. 해가 연한 금빛으로 검푸른 어둠을 밀어 올리는 바로 그 자리에서 반짝이고 있습니다. 우주의 이치로 본다면 별은 이미 사라지고 빛만 남아 내게 온 것일 수도 있지요. 그래도 별이 있었기에 빛이 있는 거지요. 선생님의 선생님이 있었기에 지금 제가 있는 것처럼요.

입춘이 지난 새벽, 멀리서 빛나는 별을 보며 씁니다.
빛으로 제게 와주셔서 고맙습니다.

이승하 시인·중앙대 교수

최희정 작가는 추억을 아낀다. 만났던 사람, 겪었던 일, 가보았던 곳 어느 하나 소중하지 않은 것이 없다. '인간은 망각의 동물'이라는 말이 있는데, 한 페이지 두 페이지 넘기다 보면 이 말이 잘못된 것임을 알 수 있을 것이다. 추억들이 조금도 퇴색되지 않은 채 복원된다. 그 결과물인 산문들을 보니 작가는 이웃이나 친구를 대하는 태도가 한결같이 푸근하고 진지하였다. 자기 이웃을 이웃사촌으로 대했고, 성인이 되어 만난 친구도 죽마고우처럼 대했다. 그런데 마음이 순하다 보니 눈물이 많다. 이런 성품은 병원 간호사에게는 바람직하지 않다. 병원은 매일 촌각을 다투는 일이 벌어지는 곳이고 생과 사가 엇갈리는 곳이니만큼 간호사는 냉정하고 냉철해야 한다. 인심이 후해도 안 되고 측은지심으로 대해서도 곤란한 일이 생길 수 있다. 하지만 작가는 '백의의 천사'라는 말 그대로 휴머니즘을 떨쳐버리지 못한다. 내일 지구의 종말이 올지라도 오늘 한 그루 사과나무를 심을 사람이다. 자신이 손해를 좀 보더라도 타인에게 따뜻한 손을 내미는 사람이 바로 최희정 작가다. 늘 나 자신을 낮추고 내 욕심을 내려놓는다. 그래서 손해를 보기도 하지만 보라! 의인이 최후의 승자가 된다. 오랫동안 주부로서, 또 직장인으로서 삶을 가꾸는 일에만 몰두해 왔는데 이제 펜을 들어 자신의 경험을 정리해 보기로 했다. 이 산문집에 실려 있는 편편의 글을 읽으면서 독자는 가슴을 잔잔히 울리는 감동의 파고를 느낄 것이다. 착한 사람이 끝내 승리하는 이 세상의 이치에 대해서도 고개를 끄덕이게 될 것이다. 사람은 사람을 믿고 사랑해야지만 사람이 될 수 있음을 이 산문집을 읽으면서 비로소 깨달았다.

나와 잘 지내는 시간 05

오늘은 너의 애인이 되어줄게

1판 1쇄 인쇄 2024년 5월 17일
1판 1쇄 발행 2024년 6월 7일
1판 2쇄 발행 2024년 8월 15일

지은이 최희정
펴낸이 김원자
펴낸곳 구름의시간

편집 김원자
교정·교열 유지은
디자인 류지혜
인쇄·제책 미래상상

등록 2021년 11월 11일

모바일팩스 0508-952-7472
이메일 cloudtime2022@naver.com

책값은 뒤표지에 있습니다.

ISBN 979-11-979287-7-2 03810